시간을 파는
상점2
너를 위한 시간

일러두기
이 소설의 주요 모티브로 고양국제고등학교 학생들의 보안관 해고 반대 시위 기사를
참고했으며 해결 과정은 사실과 다름을 밝힙니다.

시간을 파는 상점 2

너를 위한 시간

김선영 장편소설

(주)자음과모음

차례

내가 주동자다

오늘 아침, 집단행동을 하기로 했다. 말이 집단행동이지 몇 명이나 모일지 알 수 없다.

평소와 다르게 깨우지 않아도 일어난 온조에게 엄마는 어쩐 일이냐는 반응이다.

"뭔 일 있어? 왜 이렇게 서두르셔?"

"응, 일 있어."

온조는 최대한 건조하게 답하며 욕실로 향했다.

"뭔데?"

엄마가 재우쳐 물었다.

잠깐 흔들렸다. 엄마에게 얘기하면 무조건 반대하진 않을 것이다. 누군가에게 기대고 싶은 마음이 간절했다. 입 안이 말라 혓바닥이 아팠다. 너무 긴장한 탓이다. 아침이 늘 달갑지 않지만 오늘만은 더디게 오기를 빌었다.

이번 의뢰는 이제껏 해 온 일과는 다르다. 어쩌면 시간을 파는 상점 멤버들이 다칠 수도 있으며 상점을 폐쇄당할지도 모를 일이다. 그렇지 않아도 이 일을 하기로 결정하기까지 상점을 꾸리는 멤버들 간의 갈등이 심했다. 오지랖 넓은 난주는 온조와 이현이 다치는 것을 볼 수 없다고 했고, 혜지는 집에서 알면 자신을 당장 전학시킬지도 모른다고 했다. 학교를 상대로 하는 것이고 그 후 폭풍이 어디까지 갈지 알 수 없으며, 어쩌면 우리의 미래가 더욱 불안해질지도 모를 일이다. 상점을 확대 개편 한 후 들어온 '새벽 5시'의 의뢰는 그렇게 많은 것을 감수해야 하는 일이었다.

새벽5시: 안녕하세요? 크로노스 님, 얼마 전 학교 지킴이실을 지나다 쪽지를 보게 되었습니다. 자세히 보지 않았다면 그냥 지나칠 정도로 작은 포스트잇이었어요.

그동안 고마웠습니다. 함께한 모든 날이 소중했습니다.

순간 눈앞이 어찔했어요. 기대고 있던 둑이 툭, 무너지는 느낌이었습니다. 무슨 일인가 묻고 싶었지만 갈 때마다 아저씨를 볼 수 없었습니다.

지킴이아저씨는 비정규직, 그러니까 계약직입니다. 경비 용역업체에서

파견 나온 계약직이라는 얘기죠. 제가 알아본 바로는 며칠 전에 해고 통보를 받았답니다.

크로노스 님은 누구보다 아저씨가 어떤 분인지 잘 알 겁니다. 저 또한 아저씨의 묵인과 격려로 지금 이 자리에 버티고 있는 건지도 모르겠습니다. 아저씨를 우리 곁에 있게 할 수는 없을까요?

누군가에게 이 사실을 알리고 도움을 청하고 싶었지만 주변을 돌아보니 전 친구 하나 없는 외톨이더군요.

유일하게 떠오른 곳이 '시간을 파는 상점'이었습니다. 크로노스 님이 불이익을 받게 할 생각은 1도 없습니다. 어느 한 사람이 불이익을 받지 않으려면, 누구도 주동자가 되어서는 안 되지만 누구나 주동자가 되어야 하지 않을까 싶습니다. 크로노스 님이라면 좋은 방법을 생각해 내리라 믿습니다.

크로노스 님의 신념을 본 한 사람으로서 쌓인 믿음이니까요.

학교에서 일어난 일인데 아무도 모르고 있었다는 게 놀라웠다. 특히 아저씨와 친했던 이현이 충격을 받아 한참 동안 말을 잇지 못했다.

새벽5시의 의뢰는 비공개에서 공개로 돌려졌고 상점의 운영 멤버들은 회의에 들어갔다. 의견은 제각각 달랐다. 오랜 회의 끝에 누가 되었든 학교의 일원으로서 나서야 하는 일이고, 시간을 파는 상점이 나서지 않는다면 이제껏 개편한 상점의 뜻과도 어긋나기 때문에 어떤 불이익이 있더라도 감수해야 한다는 결론이 났다.

이현이 알아본 바로는 벌써 삼 일 전에 해고 통보가 있었고 아저씨는 출근하지 않는 상태였다. 아이들과 작별 인사 할 새도 없이 벌어진 일이다. 쪽지 한 장으로 겨우 인사를 대신할 수밖에 없는 아저씨의 처지가 고스란히 읽혔다. 학교 측의 몰인정한 처신에 등골이 서늘했다. 늘 이랬다. 일 년 전에 그 아이가 죽었을 때도 그렇게 '처리'하는 수준이었다. 학교에서는 사람도 그냥 처리 대상일 뿐이다.

이현은 아직도 학교 화단의 어느 한 곳을 피해 다닌다. 일 년 전, 짝이었던 그 아이의 죽음 때문이다. 구급차가 오고 그 아이가 실려 간 뒤 충격의 침묵에 싸여 있을 때, 빈 운동장을 울리던 소리가 지금도 들리는 듯했다. 그 아이가 떨어졌던 자리, 핏자국을 없애기 위해 물을 뿌리고 비질을 하던 소리였다. 그 소리는 심장과 귀를 할퀴며 무한 반복되는 것 같았다. '나'도 저렇게 된다면 물을 뿌리고 비로 쓸어 내어 부정하고 잊혀야 하는 처리 대상이 되겠구나 하는 생각을 누구나 할 수 있었다. 그날 비질 소리는 하루 종일 등을 할퀴고 가슴팍을 쓸어 내었다. 몹시도 쓰린 날이었다. 며칠 후 그 자리에 나무를 심었고, 다음 날 나무는 뿌리째 뽑혀져 내동댕이쳐져 있었다. 누구의 소행인지 밝혀지지 않았다. 대신 그 과정에서 지킴이아저씨가 곤혹스러움을 견뎌야 했다. 다시 나무를 심었지만 그다음 날 여지없이 뽑혔다. 아저씨는 누구의 짓인지 알고 있는 듯했다. 그렇지만 누구라고 지목하지 않았다.

일 년 전, 그 자리에서 자신의 옷을 벗어 죽어 가던 아이의 얼굴을 가리고 "어이구, 어이구" 하며 울던 아저씨의 어깨를 이현은 기억하고 있다. 학교의 지시로 그 자리에 물을 뿌리고 비질로 쓸어 내고 나무를 심었지만 그 시간 동안 아저씨의 마음도 편편치 않았을 것이다. 나무를 뽑은 건, 그렇게 덮고 부정하는 것만이 능사는 아니라고 누군가 말하는 것 같았고 아저씨도 그 뜻에 동의한다는 표시로 묵인하고 감싸는 것 같았다.

새벽5시였을까. 아저씨의 묵인과 격려로 지금 이 자리에 버티고 있다는 의뢰 내용이 떠올랐다. 그럼 그 자리에 돌탑을 쌓기 시작한 아이도 '새벽5시'가 아닐까.

나무가 여러 차례 뽑히자 학교에서는 누구의 짓인지 꼭 밝히겠다며 으름장을 놓았다. 엄벌에 처하겠다고 경고했다. 아무도 나타나지 않자, 지킴이아저씨를 해고할 수도 있다는 말까지 돌았다.

그 후 나무가 뽑힌 자리에 크고 작은 돌이 쌓이기 시작했다. 돌에는 추모의 글이 짤막하게 적혀 있다.

— 그곳은 편안하니?

— 잘 있지? 보고 싶다.

— 우린 널 잊지 않아. 잘 지내라.

— 다시 태어나라. 그때도 친구 하자.

어떤 돌에는 노랑나비가 또 다른 돌에는 흰 꽃이 그려져 있기도 했다. 어느 날엔, 그곳에 하얀 국화가 놓여 있기도 했다. 그러니까 나무를 뽑은 건, 우리에게도 추모의 시간을 달라는 거였다. 하루아침에 없는 존재처럼 쓸어 내고 덮는 것만이 최선이 아니라고, 최소한 이별의 시간을 달라는 말이었다. 그 말에 암묵적으로 동조하고 행동한 사람이 지킴이아저씨였다. 며칠 지나지 않아 그곳에는 돌탑이 되기 시작했다. 돌탑을 치우라는 학교의 지시를 어기며 버틴 것도 아저씨였다.

그렇게 시간을 함께 건너온 아저씨가 해고되었다. 정부는 공공기관의 비정규직을 정규직으로 전환한다는데 학교 현실은 그 반대였다.

"나중에."

온조는 욕실문에 얼굴을 기대고 말했다. 엄마도 요즘 '두꺼비 살리기 운동' 때문에 주말도 없이 바쁘다. 괜히 학교 일로 신경 쓰게 하고 싶지 않았다. 싱크대 앞에서 분주히 움직이던 엄마가 멈칫하며 뒤돌아섰다. 뭔가 심상치 않다는 눈빛으로 온조를 살피다가 말했다.

"그래, 그럼."

엄마는 이상한 기류를 눈치챈 것 같았지만 더 이상 묻지 않았다. 어찌나 빠르게 '그래, 그럼'이라고 답하는지 서운할 때가 종종 있다. 엄마가 한 번만 더 물어 주면 대답할 수도 있을 것 같은데, 다시 묻지 않는 엄마의 속내는 상대의 마음이 변할 때까지 기다리겠다는 뜻이다. 말하지 않으려고 했던 사람이 그 바람에 말하고 싶어서 안달이 나게 하는 마력이 있는 말이다. 그래, 그럼.

"오늘 미세먼지 장난 아니야. 현관에 박스 보이지? 마스크 꺼내 쓰고 가."

기습 시위를 하려면 얼마간은 운동장에 있어야 한다. 전교생이 볼 수 있도록 최대한 시간을 끌어야 하기 때문이다. 온조는 박스째 가져가도 되냐고 물었다.

"그럼, 다 같이 나눠 쓰면 좋지."

온조는 박스를 들고 집을 나섰다. 사뭇 긴장되어 허공을 걷는 듯한 느낌이 들 정도로 걸음이 허청거렸다.

시간을 파는 상점의 운영진은 되도록 많은 인원을 모아 여론을 형성해야 한다는 것과 SNS를 이용하자고 뜻을 모았다. 일단 상점에 올려 한 사람이라도 관심을 갖고 참여할 수 있도록 하자고 했다. 이번 시위에 참여하게 되면 타임백에 한 시간을 적립할 수 있다고 공지했다. 정이현, 홍난주, 오혜지가 상점의 운영 멤버로 들어오면서 상점의 구조를 대폭 수정했다. 말 그대로 시간을 매개로만 거래가 이루어지는 시간 플랫폼으로 개편하였다.

일단 1차 시위로 관심을 모은 다음, 해고 반대 서명을 받고 보도

자료를 만든 뒤, 정식 기자회견을 열어 확대시켜 보기로 의견을 모았다.

시위는 등교 시간 30분 전부터 하기로 했다. 엊그제 '돌탑'이라는 이름으로 페북 계정을 열었다. 좋아요가 기하급수적으로 늘었다. 돌탑2, 돌탑5, 돌탑10, 돌탑17…… 무수한 돌탑의 이름으로 공유하기도 늘었다. 그렇지만 몇 명이나 모일지는 알 수 없다. 좋아요를 누르는 것과 직접 얼굴을 보이며 참여하는 건 엄연히 다르다.

온조는 집에서부터 마스크를 썼다. 엄마가 현관문을 나서는 온조를 붙잡고 마스크를 씌워 주었다. 양손에 박스를 안은 채 굳은 마음을 다잡으며 걸었다. 학교에 가까워질수록 얼굴의 반을 가린 마스크에 절로 의지하는 마음이 생겼다. 최대한 얼굴을 숨길 수만 있다면 조금 더 용기가 나지 않을까 싶었다. 마스크를 바짝 올려 쓰며 눈만 내놓고 걸었다. 숨소리가 거칠어졌다. 마스크 안에 더운 김이 꽉 차 인중에 땀이 맺혔다. 한증막에 들어앉은 것처럼 얼굴 전체로 습기가 훅훅 번졌다.

집에서 멀어질수록 마음이 달아올라 조급해졌다. 아이들이 오기는 할까? 확신할 수 있는 인원은 이현과 난주뿐이다. 혜지는 당분간 자신의 신상도 시간을 파는 상점에 오픈하지 말라고 했다. 특히 어제 점검 모임에서 이번 미션에 자신은 빼 달라고 했다. 그 말에 난주가 파르르했다.

"아예, 멤버에서 빠지는 게 어때?"

난주가 혜지에게 비아냥거리듯 말했다. 혜지의 낯빛이 서늘히 식었다. 그러거나 말거나 난주가 뒤이어 말했다.

"야, 상점에 신상 공개도 하지 말아 달라, 이번 미션도 빼 달라, 아예 안 하는 게 낫지 않냐? 봐 가면서 한다는 얘기잖아. 불리한 것은 빠지고 재밌는 것만 취하고 싶다는 거잖아."

난주의 말투는 송곳처럼 뾰족했다.

"난주야, 그만해."

온조가 난주의 팔을 잡으며 저지하자 차갑게 손을 쳐 냈다.

"너희가 빠지라면 빠질 수밖에."

혜지가 냉정하게 말했다.

"헐— 야, 넌 끝까지 이기적이다. 네가 스스로 빠지는 게 맞는 거지, 우리 입으로 기어이 그 말을 하란 얘기니? 우린 뭐 학종이고 인성이고, 신경도 안 쓰는 사람 같냐?"

난주의 목소리는 더욱 예리하게 벼린 칼날이 되었다.

"됐어, 난주야 그만해. 혜지는 애초에 나한테도 말했어. 자신의 신상은 당분간 상점에 공개하지 말아 달라고."

온조가 나섰지만 그 말이 더욱 난주를 화나게 만들었다.

"온조, 네가 더 문제야. 처음부터 상점의 멤버가 되는 조건을 그렇게 말랑말랑하게 만들어서 자기한테 불리한 건 안 한다고 하는 거잖아."

난주가 싸늘한 눈빛으로 온조를 쏘아보았다. 난주도 지킴이아저씨 해임 반대 시위는 학교 입장에 반하는 거라 겁이 난다고 했다. 가뜩이나 성적도 그 모양인데 학종에 이상한 말이라도 적히게 되면 입시에 더 불리할 게 빤하다면서 처음엔 격렬히 반대했다.

"워낙 우수하시니, 점과 같은 오점이라도 남기시면 안 된다 이거지?"

난주가 계속해서 혜지를 향해 비아냥거렸다. 혜지는 더 이상 듣고 싶지 않은 듯 벌떡 일어섰다.

"난주 네 말 부정하지 않아. 그런데 네 마음대로 생각하는 건 여기까지다. 먼저 간다. 나를 빼든 넣든 마음대로 해. 이건 내 선택 밖의 일이야."

혜지는 시계를 보며 카페를 나섰다. 난주는 혜지의 등에 대고 뭐라고 하려다가 그만두었다. 뒤이어 이현이 들어왔기 때문이다. 난주는 잔뜩 바람이 든 풍선처럼 나대다가 이현을 보자 순식간에 노글노글해지며 눈빛을 풀었다.

이현이 앉으며 말했다.

"어쩌면 이번 시위에 졸업한 선배들이 합류할 수도 있을 것 같아."

이현이 달려왔는지 숨을 골랐다.

"선배들이? 어떻게 알고?"

온조가 물었다.

"작년에 졸업한 선배와 지킴이아저씨가 페북 친구인 거 같아.

누군지 모르겠지만 시간을 파는 상점도 다녀간 것 같고. 돌탑 페북에도 어떻게든 시간을 내서 참여한다고 댓글을 달았더라고."

"잘됐다. 새벽5시도 오겠지?"

온조가 물었다.

"그건 모르지, 자신은 나설 수 없으니 의뢰한 건지도."

이현이 차분하고 냉정하게 말했다.

"새벽5시도 혜지 같은 애 아니야? 학종에 오점 남기면 안 되는."

난주의 불안하면서도 의심 가득한 목소리는 여전했다. 온조도 난주와 같은 마음인 건 사실이다. 난주처럼 입 밖으로 꺼내지 않았을 뿐, 불안과 의심으로 속이 타들어 갔다. 그렇지만 내색할 수는 없었다. 불안은 더 큰 불안으로 확장하는 성질이 강하다.

"의뢰 내용으로 봐서는 그렇지 않을 거 같아. 일단 우리가 할 수 있는 걸 하자."

온조가 애써 침착하게 말했다. 시간을 파는 상점에 시위 공지를 올리고 페북 계정을 만들며 다잡은 시간이 떠올랐다. 상점에 공지를 하기 전, 그리고 페북을 개설해 기습 시위 공지를 올리기 전, 생각해 보고 또 생각해 보았다. 할 수 있을까? 해낼 수 있을까? 어쩌면 최악의 상황이 닥칠지도 모른다는 생각에 한없이 쫄아 붙기도 했다.

학교 담장이 저만치 보였다. 담장의 높이가 새삼스러웠다. 교문은 또 얼마나 견고해 보이는지 조금의 여지도 허락하지 않을 것 같았다. 심장이 걷잡을 수 없이 쿵덕거렸다. 숨이 가빠져 거푸 몰아쉬어야 할 만큼 심장이 빵빵하게 부풀어 올라 얼굴이 더욱 화끈거렸다.

교문 안쪽으로 들어서자 운동장은 하얗고 조용했다. 아무도 지난 적이 없는, 처음 운동장 같았다. 이렇게 아침 일찍 교문에 들어선 건 처음이다. 운동장 가장자리의 자작나무 이파리가 평소처럼 아무렇지도 않게 나부꼈다. 지킴이아저씨가 오래된 향나무를 전지하여 만들어 놓은 브라키오사우루스가 밤새 빈 운동장을 뛰어놀다가 잠깐 멈춘 것처럼 싱그럽게도 푸르렀다. 그 옆의 키 작고 뚱뚱한 회양목은 티라노사우루스 모양인데, 밤새 빈 운동장을 휘저었다가 교문으로 들어서는 첫 번째 사람을 보고 멈춰 버린 게 아닐까 싶을 정도로 등에서 뜨거운 김이 올라오는 것처럼 반들거렸다. 풍경은 어제와 같았지만 느낌은 사뭇 달랐다.

지킴이아저씨는 정원을 손질하는 솜씨가 뛰어났다. 손에는 늘 전지가위가 들려 있었으며, 학교 곳곳에 손대지 않은 곳이 없을 정도로 정갈하고 정연하게 가꾸었다. 그 바람에 아이들 사이에서 가위손이라고 불렸다.

온조는 교문 안, 한 귀퉁이에 박스를 내려놓았다. 이현이든 난주든 누구라도 빨리 왔으면 싶었다. 그 순간, 누군가 교문 안으로 불쑥 들어왔다. 어? 그런데 교복을 입지 않았다. 누구지? 낯이 익지 않았다. 그는 성큼성큼 교문 안으로 들어서며 온조 곁으로 다가왔다. 이현이 말한 그 선배인가? 온조를 보자 반가운 듯 손을 들어 보이며 자신을 작년에 졸업한 이강준이라고 소개했다. 온조는 마스크를 쓴 채 얼결에 목례를 했다. 강준은 온조의 마스크를 가리키며 물었다.

"마스크 쓰기로 했나요?"

"네? 네, 아뇨, 미세먼지 때문에요. 쓰고 싶으면 쓰세요."

온조는 박스에서 마스크를 꺼내 강준에게 건넸다.

강준은 마스크를 쓰며 온조에게 물었다.

"오늘 많이 올까요?"

"모르겠어요."

온조는 가방 속에 복사해 넣은 여러 장의 피켓을 생각했다.

"시간을 파는 상점의 운영 방법이 바뀌었던데요?"

강준은 아무렇지 않게 교문을 바라보며 말했다.

"네?"

온조는 불씨를 뒤집어쓴 것처럼 얼굴이 후끈 달아올랐다. 잠시 동안 교문을 뚫어지게 바라보다 강준을 올려다보았다. 얼굴의 반이 마스크로 가려진 뒤였다. 모르는 얼굴이다.

"혹시 상점을 이용한 적이 있나요?"

"네? 아, 아뇨, 페북에 링크되어 있어서 들어가 봤습니다. 회원가입은 했습니다. 오늘 참여했으니 한 시간 적립된다는 얘기죠?"

"네, 나중에 필요할 때 그 한 시간만큼의 일을 의뢰하면 돼요. 그러면 상점의 공지를 보고 참여한 거네요?"

"네, 페북으로 먼저 알았고요."

"크로노스 백온조입니다."

"알아요."

이강준은 곧바로 대답했다.

"네? 어, 어쨌든 반갑습니다."

긴장해서 그런가 유난히 가슴이 두근거렸다. 온조는 숨을 크게 뱉으며 교문 쪽을 바라보았다.

"모든 가치를 시간으로 계산한다는 게 신박, 아니 신선했어요."

강준은 여전히 교문을 바라보며 말했다. 시위에 대한 얘기는 일부러 하지 않는 것처럼 보였다.

"아, 네. 정말 시간을 사고팔 수는 없는 걸까, 라는 질문에서 시작된 일이에요."

"역시, 실망시키지 않아요."

"네? 뭐를요?"

"아, 아니에요."

마주 보는 것도 아니면서 마치 비밀 접선이라도 하는 거처럼 나란히 서서 대화를 주고받는 게 자연스러우면서도 자연스럽지 않았다.

저만치에서 이현이 달려왔다. 전기가 머릿속을 찌르르 훑는 거처럼 반가움의 호르몬이 나오는 것 같았다. 이현을 보고 이렇게 가슴이 뛰다니. 온조는 자신의 반응에 당황스러웠다. 이현은 이 어색한 상황에 나타난 구세주였다. 온조는 두근대는 속을 달래느라 애써야 했다.

"아, 선배님이시죠? 안녕하세요?"

이현이 강준을 보며 허리 숙여 인사했다. 온조는 눈짓으로 아느냐고 물었다. 이현은 긍정도 부정도 아닌 반응을 했다.

어제 이현이 선배들은 플래카드를, 재학생들은 피켓을 준비하기로 했다며 피켓 문구를 고민해 보자고 했다. 시간을 파는 상점 자원보다는 이 학교의 일원으로 그리고 아저씨와의 시간을 소중히 여기는 한 사람으로 해 보자는 이현의 말에 난주는 마음을 완전히 돌려먹은 듯했다. 고개를 끄덕이며 이 일을 하기 전, 격렬하게 반대했던 것을 조금 미안해하는 눈치였다.

온조가 톡으로 혜지에게 회의 결과를 전하자, 미안하다고 했다. 그다음에 이렇게 톡이 왔다.

전면에 나서지 않아도 할 수 있는 방법이 있을 거야. 나는 그걸 찾아보는 거로.

이현의 볼은 발갛게 상기되어 있다. 이현에게서는 좀처럼 볼 수 없는 모습이다. 언제나 차분하면서도 시크한 분위기였는데 약간은 허둥대면서도 흥분된 모습이었다. 온조가 박스를 가리키며 마스크를 쓰라고 했다.

"마스크? 괜찮은 생각이다."

이현이 마스크를 꺼내며 말했다. 미세먼지를 핑계로 얼굴을 가릴 수 있어서 그나마 다행이다.

온조는 교문 밖을 내다보며 시계를 보았다. 등교 시간 30분 전, 약속한 시간이 되었다. 온조는 가방 속에서 피켓을 꺼내 들었다.

해고 철회, 복직 촉구

피켓을 든 두 손이 떨렸다. 심장은 걷잡을 수 없이 나댔다. 심장 소리를 이현이나 강준이 들을 것만 같아 피켓을 잡은 손에 힘을 주며 가슴 앞에 붙였다. 그래도 콧김은 더욱 열에 차서 나오고 햇볕을 받은 뒷덜미는 뜨겁게 달아올랐다.

강준이 가방 속에서 뭔가를 꺼냈다. 플래카드였다. 한쪽 끝을 이현이 잡고 비장하게 걸었다. 그러자 하얀 플래카드 위의 글자가 펼쳐졌다.

지킴이아저씨의 해고 철회를 요구합니다!
-돌탑 모임-

온조는 플래카드의 문구가 눈에 들어오자 더욱 숨이 막혔다. 이제 걷잡을 수 없는 일이 시작되었다는 선전포고를 한 것 같아 무섭고 떨렸다. 숨을 가다듬으며 심호흡을 했다. 양쪽 무릎이 후들거렸다. 두 눈을 질끈 감았다 떴다. 이제 물은 엎질러져 어딘가로 흘러갈 것이다. 물길을 따라가는 수밖에 없다는 생각으로 마음을 다잡았다. 일부러 문구를 다시 보았다. 조금 마음이 비장해지는 것 같았다. 이제 물러설 길은 없다. 어떤 말을 듣든 무슨 말을 듣든 어떤 상황이 되었든 앞으로 가야 한다.

교복을 입은 재학생들이 하나둘, 교문으로 들어오기 시작했다. 흘끔흘끔 눈길을 주는가 싶더니 고개를 숙인 채 부러 외면하며 교실 쪽으로 향했다. 저 아이들 중에 페북에 '좋아요'를 누르고, 참여 의사를 밝힌 아이들도 있을 것이다. 주말 내내 고민을 하다 결론은, 참여하지 않는 것으로 했을지도 모른다. 온조 자신도 시간을 되돌리고 싶다는 생각을 순간순간 했으니까. 어쩔 수 없는 거라고 생각했지만 등을 돌리고 교실로 향하는 아이들의 모습이 야속하기도 했다. 뒤이어 사복을 입은 또 한 명의 선배가 교문으로 뛰어들어왔다. 그러고는 이현이 잡고 있는 플래카드를 건네받았다. 강준과 플래카드를 담당하기로 한 모양이다. 숨을 고르며 자리를 잡는 그에게 강준은 마스크를 건넸다. 하얗게 입을 가린 사람이 아주 느린 속도지만 하나씩 늘었다. 교문 안으로 들어서는 재학생들의 시선을 끌기에 충분했다.

졸지에 마스크는 시위의 상징이 되었다. 교복 입은 아이들이 교문으로 떼 지어 들어온 뒤 일행 앞으로 우르르 몰려들었다. 완전 구경거리였다. 몇몇은 '뭐지?' 하는 표정으로 돌아섰고 몇몇은 어기적거리며 다가와 뭐 하냐고 묻는 아이들도 있었다.

"좀 오버 아니냐?"
"겁도 없다 겁도 없어."
"저런다고 될까?"

몇몇 아이들은 들으라는 듯이 한마디씩 했다. 그러다 선배들 얼굴을 알아보고 멈칫했다. 엊그제 상점의 운영위원 모임 격인 내부 회의에서도 다 나온 말들이다. 그렇지만 말의 결은 달랐다. 어제 내부 회의는 각자를 걱정해 주는 마음에서 나온 것이고 지금은 가슴팍을 송곳으로 후비는 것처럼 서늘했다.

마스크 때문에 대꾸 없이 서 있어도 이상하지 않았다. 마스크 때문에 훼방 놓는 말에도 꿋꿋한 척할 수 있었다. 마스크가 침묵 시위 역할을 톡톡히 했다. 백 마디의 말보다 한 마디도 하지 않는 침묵이 훨씬 설득력이 클 때가 있다. 침묵은 상대로 하여금 헤아리게 하니까.

올해 졸업한 선배들 몇이 더 왔고 고맙게도 재학생 몇이 더 합류하였다. 머리도 채 말리지 않고 뛰어온 난주의 얼굴은 완전 땀범벅이었다. 집에서부터 달려온 모양이다. 이현과 온조 사이로 들어서며 숨을 몰아쉬었다. 온조는 난주에게 피켓과 마스크를 건넸다.

피켓 대열은 자연스럽게 플래카드 뒤로 늘어섰다. 선배들이 재학생을 보호하기 위해 일부러 앞으로 나서느라 플래카드를 맡은 것 같았다. 피켓은 얼굴 가림용으로 제격이었다. 마스크를 하고 자연스럽게 피켓으로 가렸기 때문에 누가 누군지 분간할 수 없었다.

학생주임이 교문으로 들어섰다. 헉, 온조는 자신도 모르게 침을 꿀꺽 삼켰다. 이번 시위를 막무가내로 제지할 인물 같아서 가장 의식했던 사람이다. 그래서 학생주임의 얼굴이 머릿속에서 떠나지 않았다. 평소에 우리는 아무 잘못 없이도 학생주임의 눈에 제압당하기 일쑤였다.

"뭐야, 니들! 엉?"

학생주임이 일행 곁으로 허둥지둥 달려오며 말했다. 학생주임이 당황하는 모습은 처음 봤다. 일 년 전 그 아이가 옥상에서 떨어졌을 때도 119에 신고하지 말라고, 가까이 오지 말라고 소리치며 주위를 정리할 때도 저 정도는 아니었다.

분위기는 일순간, 살얼음이 낀 것처럼 서늘했다.

우리는 학생주임을 모닝똥이라고 부른다. 교문에서 아침마다 교복이나 신발, 명찰 따위로 곧잘 불러 세운 뒤 점수를 깎는 통에, 걸리면 '아침에 밟은 똥'이라는 뜻이다. 모닝똥 얼굴은 그야말로 노랗게 떴다. 전혀 예상하지 못한 것처럼 당황하는 눈치였다.

"이게 뭐야. 빨리 안 치워!"

모닝똥은 플래카드를 거칠게 잡아당기며 소리쳤다. 찢어 버리고 싶은 심정이 그대로 반영된 듯 손아귀의 힘이 억세게 느껴졌다. 아주 짧은 순간, 플래카드를 잡은 손들은 긴장하며 잡아당겼고, 두 개의 힘이 팽팽히 맞섰다. 플래카드를 잡고 있는 여러 개의 손은 만만치 않게 저항했다. 그 힘에 못 이겨 플래카드는 모닝똥 손에서 미끄러져 나왔다.

"선생님, 안녕하세요?"

사복 차림 중 한 명이 마스크를 벗으며 나섰다.

"어? 너 올해 졸업한 이강준 아니냐."

모닝똥은 어찌 된 일인지 파악하느라 일행을 둘러보며 말을 이었다.

"야, 여기 웬일들이냐? 이 자식들 봐라. 뭐 하는 짓들이야? 엉?"

모닝똥은 얼떨떨한 표정을 지우지 못한 채 목소리를 높이며 으름장을 놓았다. 시위자의 정체를 알게 되면서 분위기는 더욱 살벌해졌다.

모닝똥을 보자 겁먹은 몸짓으로 슬금슬금 빠져나가는 아이도 있다.

소식을 들었는지 가위손아저씨가 사복 차림으로 허둥지둥 교문 안으로 들어왔다. 가위손은 모닝똥에게 허리를 꺾으며 정중히 인사했다.

"뭐 하는 겁니까, 이게? 아이들 앞세워서."

"아, 저 그게…… 죄송합니다. 저 때문에 괜히."

아저씨는 얼굴을 들지 않았다. 우리를 똑바로 보려고도 하지 않았다. 차마 그러지 못하는 것 같았다.

"참내, 기가 막혀서. 학교와 얘기 나눌 일이지. 이게 뭡니까."

모닝똥은 말이 되는 소리인지 아닌지도 모른 채 큰소리치는 것 같았다. 해고 통보를 한 학교 측과 무슨 얘기를 하란 말인가. 그냥 받아들이겠다는 제스처 외에 할 수 있는 게 무엇인가. 이현이 어떻게 된 거냐고 아저씨와 통화를 했을 때, 이미 기숙사 사감에게 업무 인수인계를 끝냈다고 했다. 더 이상 학교 갈 일이 없다고 했다. 이럴 수는 없다고 하자, 관두라고, 학생들 차원에서 해결할 일이 아니라고만 했다.

연신 허리를 숙이고 고개를 떨구는 가위손을 보자 마음이 더욱 비장해졌다. 스무 명도 채 되지 않는 숫자였지만 어떤 단단한 고리 같은 게 느껴졌다. 혼자여도 어쩔 수 없는 일이지만 둘이라면 더 힘을 낼 수 있는 일이다. 거기다 선배들까지 나서서 보호막 역할을 하려고 하지 않는가. 피켓을 든 대열은 모닝똥의 호령에도 꿋꿋하게 버텨 주었다. 오히려 더 단단하게 마음을 굳히는 것 같았다.

각 교실의 창문으로 아이들이 따개비처럼 달라붙어 내다보고 있다.

"멋있다아—."

운동장을 향해 대차게 소리치는 아이도 있다.

"니들 빨리 교실로 안 들어갓?"

모닝똥은 재학생들을 향해 아랫입술을 앙다물며 소리쳤다. 그 순간 사진 찍는 소리가 났다. 이현이 재빨리 전화기를 숨기며 일행 속으로 몸을 숨겼다. 모닝똥은 그 소리에 더 흥분했다. 이현의 빠른 몸짓을 보며 온조는 심장이 쪼그라드는 듯했다.

"이것들 봐라. 누구야? 내놔."

모닝똥은 손가락질하던 손을 펼친 뒤 대열을 향해 손바닥을 보이며 전화기를 내놓으라고 소리쳤다. 아무도 움직이지 않았다. 온조는 숨이 막혔다. 들킬까 봐 조마조마했다.

"누구야, 빨리 안 내놔?"

모닝똥의 얼굴이 시뻘게졌다.

"선생님, 하나의 의견으로 받아들여 주시면 안 되는 겁니까?"

이강준이 모닝똥을 막아서며 말했다.

긴장감이 휘돌았다. 잠시 얼어붙은 분위기였지만 일행은 부러 여유를 찾으려는 듯 소리를 냈다.

"오올~."

모닝똥이 이강준을 위아래로 훑어보며 거칠게 숨을 몰아쉰 뒤, 일행을 바라보며 눈을 부라렸다.

"조용히 안 해?"

모닝똥이 대열을 향해 소리쳤다.

"우一."

"스웃— 조용히 하라고 했다. 선배라는 놈들이, 후배들 앞길 망칠 생각이야? 이거 다 기록이 안 될 것 같아?"

"나쁜 짓은 아니지 않습니까?"

"선배님, 멋있어요—."

난주가 주위를 흩트리려는 듯 소리쳤다. 모닝똥의 주위를 분산시켜야 한다는 생각 같았다.

그래 나쁜 일은 아니야, 온조도 그 말에 힘을 받는 것 같았다.

"뭐야? 너희가 나설 일이 아니잖아, 엉?"

"저희도 사회의 일원입니다. 일원으로서 할 말은 해야 한다고 생각합니다."

이강준과 모닝똥의 대치가 팽팽했다.

"꼭 이렇게 의견을 제시해야 하는 건가? 이게 뭐 하는 짓인가? 더군다나 한참 공부해야 할 재학생들을 앞세워서, 비겁한 거 아닌가?"

온조는 선배들이 후배들 부추겨 벌인 일이라고 속단하는 것이 몹시 거슬렸다. 두려움에 선배들 뒤에 숨고 싶었던 심정이 외려 적극적으로 나서도록 자극하는 말이었다.

"저……."

온조가 손을 번쩍 들고 나서려는 찰나였다. 이현이 잽싸게 온조의 팔을 잡아채며 저지했다. 그 바람에 온조가 멈칫했다. 이현이 강준 옆으로 걸어 나가려고 했다. 난주와 온조가 동시에 이현의 팔을 잡았다. 이현은 괜찮다는 제스처로 손을 들어 보인 뒤, 저벅 저벅 모닝똥 앞으로 나섰다.

"누가 누구를 앞세우고 그런 거 아닙니다. 자발적인 겁니다. 이건 현재 우리 학교의 일입니다. 선배님들이 도와주러 오신 거지 저희를 앞세운 건 아닙니다."

이현이 모닝똥의 기에 눌리지 않으려는 듯 또박또박 말했지만 잔뜩 겁먹은 목소리였다. 떨고 있었지만 논리는 전혀 흐트러지지 않았다. 이현은 온조를 비롯한 재학생들의 마음을 정확하게 말했다. 똑똑한 대변인 같았다.

"마스크 벗고 얘기해, 인마!"

모닝똥이 이현의 얼굴 쪽으로 손을 올렸다. 마스크를 낚아채려는 것 같았다. 이현이 모닝똥의 손으로부터 거리를 두기 위해 피했다. 모닝똥의 얼굴이 싸늘히 굳는 게 보였다.

온조는 가슴이 터질 것 같았다. 숨이 훅훅 뿜어져 나왔다. 이현이 평소 보여 주는 냉랭함 속에는 정의로움과 따뜻함과 용기가 복합적으로 들어 있는 걸 안다. 그런 그의 시간들이 시간을 파는 상점을 여기까지 오게 한 것이다. 온조는 처음으로 이현을 향한 제 마음이 어떤 것인지 생각해 보게 되었다. 마음이란 억지로 물길 돌리듯이 돌린다고 될 일이 아니라는 것을 안다. 지금 이현을 바라보는 온조의 마음이 당황스러울 만큼 아파 왔다. 난주의 손이 이렇게 뜨겁게 온조의 손을 잡고 있는데.

정이현만 불이익을 당하게 둘 수 없다. 온조는 난주의 손을 꽉 잡았다. 그런 뒤 소리쳤다.

"아저씨의 해고를 철회해 주세요—."

대열의 시선이 온조에게로 쏠렸고 이현에게 다가서던 모닝똥도 걸음을 멈췄다. 난주도 온조의 갑작스러운 외침에 놀랐는지 움찔한 뒤, 눈을 감고 외치기 시작했다. 난주의 목소리가 조금씩 커졌다. 대열의 대부분이 난주의 말을 따라 하기 시작했다.

"해고 철회, 해고 철회, 해고 철회."

난주의 손이 뜨거웠다. 온조는 난주의 손을 꽉 잡고 눈을 감은 채 외쳤다. 눈을 감은 건 두려움을 차단하기 위해서이다. 보이는 게 없으니 목소리를 더욱 키울 수 있었다.

교실 창문에서도 운동장에서 울리는 소리에 맞춰 외치는 소리가 들려왔다. 울컥, 속에서 뜨거운 것이 올라왔다. 외면한 채 교실로 들어가는 아이들이 야속했는데, 나서는 두려움 때문에 그런 것이지 마음만은 함께하고 있다는 소리였다.

"해고 철회, 해고 철회, 해고 철회."

소리는 점점 커졌다. 운동장과 하늘 사이에 그 소리로 가득 채워진 듯했다. 온조는 가슴이 벅차올라 눈물이 나려고 했다.

"너희들, 진짜 이럴래? 엉? 학년, 반, 이름 다 적어 내!"

모닝똥은 교실에서 지켜보는 아이들을 의식했는지 한 발짝 물러서되 두고 보자는 듯한 목소리로 말했다.

잠깐 동안 외치는 목소리가 잦아들었다.

"선배들이라는 것이 후배들 동원해서, 너희들 이거 후배들 앞길 막는 거라는 건 알고 있지?"

모닝똥은 같은 맥락의 말을 반복했다.

"불의에 눈을 감으라는 게 더 비겁한 거라고 생각합니다."

강준이 대차게 나섰다.

"뭐? 불의? 너희들 눈에는 이게 불의로 보이냐? 오버 떨지 좀 마라."

모닝똥은 평소에도 학교재단 측의 딸랑이라고 불릴 정도로 아부가 심한 축에 속했다. 교장, 교감 앞이라면 옴짝도 못 하고 재단의 이익과 학교의 명예를 위한다는 명목으로 아이들에게 언어폭력을 행사하는 것으로 유명했다. 맡은 직책이 학생주임이라 그런 면도 있지만 모닝똥은 학교에서 잡스러운 소리가 나는 것을 누구보다 싫어한다. 학교가 시끄러우면 재단에 보고될 터이고 모닝똥의 위상은 떨어질 것이기 때문이다. 서울대학교 합격률을 높여 명문 학교를 만들어야 한다는 것이 모닝똥의 유일한 교육철학이다. 누구를 위한 진학률인지는 모르겠지만, 그것을 위한 일이 아니면 모든 게 쓸데없으며, 쓸모없는 인간이라고 스스럼없이 말한다.

"재학생들은 좋은 말로 할 때 해산해라. 오늘 일은 없던 걸로 할 테니."

잠시 웅성거리는 소리가 났다.

"없던 일은 안 됩니다. 저희들 의견을 반영해 주세요—."

난주가 새된 목소리로 외쳤다. 이번엔 옆에 있던 온조가 움찔했다.

없던 일이라니, 별일 아닌 거로 치부하려는 모양이다. 여기까지 어떻게 왔는데.

"오버하지 마라. 이건 불의도 아니고, 행정 절차를 따른 것뿐이다. 글쎄, 너희들이 나설 일이 아니래두!"

모닝똥이 한풀 꺾인 목소리로 말했다.

"그럼, 선생님들이라도 나서 주셔야 하는 거 아닌가요?"

온조가 뒤이어 말했다. 모닝똥은 말 같지도 않은 말을 한다는 눈빛으로 대열을 쏘아보았다.

"이강준 따라왓! 그리고 재학생들은 모두 해산해라."

모닝똥은 단호하게 말한 뒤 돌아섰다. 곧 대책회의를 소집할 것이다.

"우리 모두가 주동자입니다아—."

온조가 모닝똥의 등에 대고 외쳤다.

"저도 주동자입니다아!"

난주가 뒤이어 소리쳤다.

모닝똥은 기가 막힌다는 표정으로 시위대를 향해 다시 돌아서며 말했다.

"장난하냐?"

조금 있으면 0교시 수업 시작종이 울릴 것이다.

"해고 철회, 해고 철회."

온조가 모닝똥의 말을 묵살하기 위해 외치기 시작했다. 일행도 소리 높여 외쳤다.

"빨리 해산해라, 안 그러면 수업 방해로 이번엔 진짜 학생부에 기록한다."

모닝똥의 최후통첩은 우리들의 아킬레스건을 기어이 건드렸다.

애초에 공지로 준법 시위를 명시해 놓았다. 수업을 방해한다거나 빠지는 등, 학교에 빌미를 제공하지 않는 게 시위 참여 조건이었다. 정당함을 요구하는 데에는 정담함으로 맞서는 게 맞는 거라고 덧붙였다. 또 하나의 조건은 모두가 주동자가 되자는 거다. 최소한 여기 모인 아이들은 공지 사항의 조건에 동의했기 때문에 나왔을 것이다.

재학생들은 말없이 교무실로 향했다. 주동자는 이강준도 정이현도 백온조도 홍난주도 그 어느 누구도 아니며 많은 아이들이 한마음이라는 것을 보여 주기 위해서다.

그때 불곰이 교문 안으로 들어섰다. 온조는 불곰을 보자 마음이 놓이기도 했지만, 한편으로는 몹시 불안하기도 했다. 불곰의 머리칼은 아침이면 더 설치는 것 같았다. 새가 지나가다 둥지를 틀고 싶을 만큼 더벅머리였다. 불곰은 허둥지둥 교무실로 들어가는 모닝똥의 뒷모습을 지켜본 뒤 그 산만한 머리칼을 날리며 대열로 다가왔다. 누구를 찾는 것일까? 아님 뭔가를 파악하려는 것일까?

대열은 멈춰 선 뒤 불곰의 행동을 지켜봤다. 온조는 피켓으로 얼굴을 가렸다. 난주도 마찬가지였다. 불곰은 이내 고개를 끄덕거리며 뭔가 생각하는 눈치였다.

온조는 불곰이 제2의 모닝똥이 되지 않기를 빌었다. 이제껏 불곰을 향해 멋진 어른이니 나룻배니 곁불을 쬘 수 있는 난로니 하며 생각했던 말들이 순식간에 재가 되어 날아갈 수도 있는 일이다. 그리고 엄마에게도 말할 것이다. 불곰 샘과의 관계를 다시 생각해 보라고. 알고 봤더니 이러저러하게 비겁한 분이었노라고 그대로 고자질할 것이다.

불곰은 고개를 떨구고 지킴이실로 향했다. 곰처럼 상체를 무겁게 흔들며 성큼성큼 걸었다. 발걸음도 무척이나 무거워 보였다. 아저씨는 황급히 달려와 불곰과 인사를 나누었다. 몇 마디 얘기를 나누는가 싶더니 곧 불곰과 악수를 했다. 가위손아저씨의 얼굴은 보였지만 불곰의 얼굴은 보이지 않아 무슨 말이 오갔는지 읽어 낼 수 없다. 가위손은 손등으로 눈가를 훔쳤다. 불곰은 뒤돌아서 다시 대열을 향해 걸어왔다. 불곰의 얼굴을 통해서는 아무것도 읽어 낼 수 없다. 불곰은 대열 앞쪽으로 말없이 걸었다. 대열 옆에 있는 박스를 보고는 쭈그려 앉아 열어 보았다. 마스크는 넉넉히 쌓여 있다. 불곰은 아무렇지도 않게 마스크를 꺼내 썼다. 그런 뒤 유유자적 대열 앞을 걸었다. 뒤이어 뒷짐 지는 것처럼 손을 등 뒤로 돌리고는 바로

'엄지척'을 했다. 아이들은 치켜세워진 불곰의 엄지를 바라보았다.

온조는 교무실로 향하다가 너무나 조용한 학사반 기숙사를 보았다. 저기에 혜지도 있을 것이다. 운동장에서 어떤 소란이 벌어져도 무관하게 공부만 했을까? 아니면 마음이 조금이라도 불편했을까? 온조가 아는 혜지라면 최소한 그러지는 않았을 거라고 믿고 싶었다. 전면에 나서지 않는 방법을 생각해 보겠다는 혜지의 말이 떠오르긴 했지만 서운한 마음이 없는 건 아니다.

혜지의 성적이 라이벌 고아린에게 밀렸다는 것을 알고 혜지 엄마는 위경련으로 병원에 입원까지 했다. 그 뒤 더욱 예민해져 집착에 가까울 정도로 혜지를 감시하고 관리했다. 성적이 복구되지 않으면 혜지는 기숙사를 나와 집으로 들어가야 한다고 했다. 그건 죽는 것보다 더 싫다고 했다. 웬만해선 속을 보이지 않는 혜지는 그런 말을 하면서도 내내 자신을 통제하고 눌렀다. 눈빛이 싸늘히 변하며 매섭게 빛나 딴사람이 된 양 낯설었다. 죽겠다고 말하면 곧바로 실행에 옮길 것 같은 단호함이 보여서 온조는 두려웠다. 그런 혜지의 입장을 모르는 건 아니다. 현실 앞에서, 누구나 비겁자가 될 수 있지만 그렇다고 누구나 비겁자가 되는 건 아니다.

"돌탑 페북에 경과를 올릴 겁니다. 사진도요."

정이현은 자신의 휴대폰을 흔들어 보이며 말했다. 목소리에 힘이 팽팽했다. 이현의 강력한 리더십을 보는 건 또 다른 느낌이다. 이제껏 몰랐던 부분을 발견한 것 같은 신선함 같은 거다. 일 년 전,

친구의 죽음을 막기 위해 나선 걸 보면 충분히 짐작할 수 있는 일이지만 포스가 이 정도일 줄은 몰랐다. 시간을 파는 상점의 2대 주인장은 정이현이다. 조금 전 온조를 저지하며 나선 것도 리더의 몫을 다 해내기 위해서일 것이다.

일행은 교무실로 향했다. 0교시 수업 시작 시간이 5분여 남았다. 운동장에 퍼진 늦여름 햇살이 뜨겁다 못해 따가웠다. 어디선가 낮게 구호 소리가 나기 시작했다. 그 소리는 조금씩 커졌다. 대열이 발걸음을 뗄 때마다 거기에 맞춰 낮고 조용하게 울렸다.

"힘내라, 힘내라, 힘내라."

귀 뒤부터 소름이 돋았다. 전율이라는 것이 이런 것인가. 교실로 향하던 불곰도, 지킴이실 앞에 화석처럼 서 있는 아저씨도 소리의 진원지인 교실 창문을 바라보았다. 수많은 아이들이 운동장을 내려다보며 외쳤다.

이현에게서 사진을 전송받은 온조는 곧바로 돌탑 페북에 새로운 소식을 올렸다. 플래카드와 피켓를 들고 있는 대열의 모습과 그 아래 재학생 정이현과 졸업생 이강준이 교무실로 호출되었다, 라고 썼다. 거기에 이현이 댓글을 달았다. 내가 주동자다—라고, 난주가 댓글을 달았다. 내가 주동자다—라고. 온조도 댓글을 달았다. 나도 주동자다—라고.

학교와 교육청의 홈페이지도 활용하기로 했다. 마음만 먹으면 얼마든지 전국으로 확대시킬 수 있을 것이다. 학교도 전국으로 확대되는 것은 막으려고 할 것이기 때문에 조치를 취할 수밖에 없다는 게 우리의 계산이다.

페북에 또 다른 사진을 올렸다. 운동장에서 교무실로 이동하는 시간이면 충분히 업데이트할 수 있다. 엊그제 회의 때 시위 독려를 위한 자료는 없을까 찾아보다 발견한 것이다. 대학생들이 비정규직 청소 노동자를 정규직으로 돌리는 것과 정규직 내의 또 다른 임금 차별에 맞서는 동조 시위 사진이다.

어른들은 차별이 나쁘다고 가르치면서 그들의 세계에는 차별을 위한 단계를 촘촘하고 단단하게 포진시켜 놓았다. 상상할 수 없을 정도로 세분화된 계단이 있다. 그 계단도 결국 인간이 만든 것일 텐데, 도대체 누가 만든 것일까. 만든 사람도 차별은 싫어할 텐데, 차별하여 구분하지 않으면 만족하지 못하는 것이 인간의 본성일까. 인간의 역사는 차별에 대한 항거로 이어져 왔음에도 불구하고, 시대마다 새로운 형태의 차별이 생겨나는 모순을 밟아 왔다. 그 모순의 반복이 결국 인간의 역사가 되는 것일까.

사진 아래, '우리도 해낼 수 있다'라는 말을 시작으로 댓글이 달리기 시작했다.

교무실 복도에 아이들이 하나둘씩 모여들었다. 누구도 주동자가 아니며 누구도 주동자가 되어서는 안 된다, 라는 새벽5시의 말이 다시 한번 떠올랐다.

"뭐야? 다시 말하지만 재학생들은 빨리 교실로 돌아가라."

이번엔 학년부장이 재학생들을 향해 소리쳤다.

재학생 일행은 학년부장의 말에도 움직이지 않았다. 운동장에서 교무실로 향한 건 또 다른 차원의 용기였다. 이상하게 모닝똥과 학년부장 외의 다른 선생님들은 어떤 말도 하지 않았다. 부러 모르는 척하는 것 같기도 했다. 불끈이 치켜세운 엄지처럼 암묵적인 지지라는 것을 읽을 수 있었다.

"이건 분명 학생부에 기록할 수 있는 근거가 있는 거다. 너희들에게 돌아갈 불이익을 생각 안 한 건 아니지?"

또다시 학생부를 방패막이로 내세우는 말이다. 선생님들은 학생들의 가격 지점을 정확히 안다. 애초에 그런 걸 겁냈다면 이 자리에 나오지도 않았을 것이다. 재학생들은 그 말에도 움직이지 않았다. 인원이 점점 불어나자 대열은 자연스럽게 교무실 안으로 밀려들어 갔다.

교감이 재학생들 사이를 비집고 교무실로 들어섰다. 웅성거리는 소리를 잠재우기 위해 교감은 두 팔을 뻗어 진정하라는 제스처를 한 뒤 말했다.

"그만 해산해라. 너희들이 오해가 있는 거 같은데, 이게 학교만의 문제는 아니다. 학교는 상위 조직에서 내려온 통보대로 시행할 뿐이다. 너희들 생각 알았으니까 그만 교실로 돌아가라. 수업 시간까지 방해하면 어떻게 되는지 알지?"

교감이 시계를 보며 강제해산 시키듯 아이들을 교무실 밖으로 밀어내며 문을 닫았다.

0교시 수업 시작종이 울렸다.

일단 학교의 조치를 기다려 보자는 말이 누군가의 입에서 나왔다. 정이현이 전화기를 들어 보이며 말했다.

"다음 집회, 페북으로 다시 공지합니다."

시위에 참여했던 아이들이 높은 벽을 확인하고 뒤돌아서는 것처럼 처진 어깨로 걸었다.

"옳은 일을 한 건데 왜 불이익을 줘?"

난주가 학년부장이 했던 말을 곱씹으며 말했다.

"세상이 그렇게 정의로우면 무슨 문제겠어. 가위손아저씨 일도 일어나지 않았겠지."

온조는 어렸을 때부터 학교에 가면 선생님 말씀 잘 들으라는 말을 귀에 딱지가 앉도록 들었다. 아침저녁으로 인사하듯이 건네던 할머니의 목소리가 떠올랐다. 가방을 메어 주고 옷매무새를 다독거린 뒤 한 자도 틀리지 않게 늘 반복하던 말.

— 친구들하고 싸우지 말고 선생님 말씀 잘 들어.

— 아이구, 우리 강아지 학교 잘 댕겨왔누? 선생님 말씀 잘 들었누?

매일매일 빠지지 않고 듣던 말이 세뇌되어 옳지 않은 일을 시켜도, 옳지 않은 일을 봐도 순종하고 복종하는 게 미덕인 줄 알았다. 이번 일도 분명 나쁜 일이 아닌데 학교 의사에 반하는 표현은, 몹시 부대끼는 일이었고 학생 본분을 지키지 않는 일이 되어 버렸다.

담임은 조례 시간에 기습 시위에 대한 말은 언급하지 않았다. 아마 말릴 수도 동조할 수도 없는 처지일 것이다. 가르친 것과는 다른 말을 해야 하기 때문일 것이다. 평소 최대한 공정하게 이성적으로 거리감을 가지고 일을 처리하는 담임의 성향으로 봐서 짐작했던 바다. 담임도 암묵적으로 동조한다는 것을 알 수 있다.

기습 시위는 삽시간에 전교에 퍼졌고 아이들은 지킴이실 유리창에 색색의 포스트잇과 사탕, 초콜릿, 쿠키 등을 붙여 놓았다. 생각보다 파급력이 강했다. 전면에 나서지 않았지만 우리의 시위에 농조한다는 뜻이고, 시위 참여 수도 늘어날 것이라는 기대감이 생겼다. 해고 반대 서명을 받는 것도 어렵지 않겠다는 생각이 들었다.

색색의 메모지에 쓰여 있는 말들이 바람이 불 때마다 파르르 떨었다.

― 아저씨 힘내세요.

― 함께할게요.

― '같이'가, 가치 있는 세상

― 사람 사는 세상, 함께 만들어요.

― 미안하고 고맙고 부끄럽고

　　•
　　•
　　•

Time seller

　점심 식사 후, 온조와 난주는 과학실로 오라는 불곰의 호출을 받았다. 과학 실험실은 오래된 나무로 우거진 학교 뒤편에 있다. 문을 밀고 들어서자 이현이 벌써 와 있다. 마스크를 쓰고 피켓으로 얼굴을 가리는 것도 소용이 없는 일이다. 이미 명단이 작성되어 돌고 있다는 것을 알 수 있다. 불곰과 함께 들어온 사람은 뜻밖에도 가위손아저씨였다. 우리를 보자 아저씨는 죄인처럼 고개를 숙였다.

　"점심은 먹었지? 하실 말씀이 있다고 해서."

　불곰이 세 사람을 둘러보며 말했다.

　"고맙긴 한데. 미안해서."

　아저씨가 눈시울을 붉히며 고개를 돌렸다.

"내가 아무것도 할 수가 없어. 그만두었으면 좋겠어서. 학생들한 테 피해가 가면 내가 어떻게 고개를 들고 이 학교에 남겠나."

설마 이렇게 당사자를 내세워 설득하려는 것일까? 온조가 불곰을 쳐다보며 물었다.

"선생님, 학교 입장을 대변하기 위해서 오라고 한 건 아니죠?"

불곰이 고개를 수그리고 있다가 치켜들었다.

"학교는 몰라, 인마. 넌 날 그렇게 모르니? 아저씨가 꼭 하고 싶은 말이 있다고 해서 마련한 자리야."

온조가 단호하게 말했다.

"이미 명단 작성된 거 알아요. 어떤 불이익이 온다 해도 그런 각오 없이 움직이진 않아요."

이현이 아저씨 손을 잡으며 말했다.

"고개 숙이지 마세요. 잘못한 것 없잖아요. 저희도 잘못하는 거 라고 생각 안 해요. 옳지 않은 건 옳지 않다고 말하는 게 잘못한 건 아니잖아요."

"아후, 난 학생들이 다칠까 봐. 나 때문에."

아저씨가 거칠게 숨을 뱉으며 말했다. 아저씨의 떨리는 목소리 에서 마음 졸이는 것이 그대로 묻어났다.

"학교 입장도 그렇게 막무가내는 아니에요, 오늘 아이들 움직임 에 학교 관리자들도 놀란 것 같아요. 생각지도 못한 일이라는 반 응이에요. 너무 걱정하지 마세요."

불곰이 아저씨를 바라보며 다독이듯 말했다.

"저 때문에, 누구 하나라도 다치면 제가 어떻게 돌아옵니까? 선생님이 말려 주세요."

가위손이 불곰의 손을 부여잡고 간곡히 말했다. 가위손의 두 눈이 발개지며 눈물이 고였다.

온조가 아저씨 앞으로 나서며 말했다.

"너무 걱정하지 마세요. 누구를 다치게 하는 게 목적이 아닌 건 학교도 알고 있을 거예요."

이현이 뒤이어 말했다.

"봐요, 아저씨도 이렇게 우리 먼저 걱정해 주는데 우리가 가만히 있는 것도 말이 안 되죠."

이현은 무엇보다 아저씨의 눈물이 아프게 들어왔다.

"아이들하고 얘기할 게 있어요. 먼저 가 보셔도 돼요. 저도 애써 보겠습니다. 조만간 학교도 뭔가 조치를 취할 거예요. 곧 연락이 갈 겁니다."

불곰이 문을 열어 주며 말했다.

"네. 아이고, 선생님께도 면목이 없습니다."

가위손이 과학실을 나서기 전 아이들을 둘러보았다. 고맙고 미안한 눈빛 속에 말로 할 수 없는 곤혹스러움이 담겨 있다.

불곰이 온조를 바라보며 말했다.

"미리 좀 말해 주면 안 되니?"

몹시 서운하다는 말처럼 들렸다.

"말씀드렸다면 찬성하셨을까요?"

온조가 고개를 들며 말했다.

"그래도 인마, 참내 불안불안하다."

"공연히 선생님 입장만 곤란하게 했을 겁니다."

이현이 온조를 바라보며 동조의 눈빛으로 말했다.

온조가 불곰 생각을 하지 않은 건 아니다. 누구보다 제일 먼저 떠올렸다. 상의하고 도모했다는 것을 학교에서 알면 불곰 입장이 곤란해지리라는 건 불 보듯 빤한 일이다. 그렇게 만들고 싶지는 않았다.

불곰이 세 사람을 돌아보며 말했다.

"자칫하다간 상점도 학교에 드러나고 폐쇄하라고 할지도 모른다."

이현이 나서서 말했다.

"엄밀히 말해 학교에서 그럴 자격이 있는 건지요?"

온조가 불곰에게 따지듯 말했다.

"학교에서 제재할 수 있는 요소는 아무것도 없어요. 들어가 보셨으면 개편한 거 아실 거 아니에요."

난주와 이현까지 상담실로 호출한 걸 보면 그들이 운영 멤버라는 걸 불곰도 안다는 것일 테고, 개편 사항도 모르진 않을 것이다. 개편 사항을 보면 불곰의 말을 잊지 않았다는 것도 알 수 있을 것이다. 불곰이라면 그런 것까지 꼼꼼히 체크하고도 남았을 것이다.

여름방학이 끝나기 전 온조와 이현, 난주, 혜지가 모여 시간을 파는 상점 확대 개편을 위해 여러 번의 온라인 회의를 끝으로 팥빙수 모임을 가졌던 날이 떠올랐다.

"시간을 파는 상점은 이제 개인이 꾸리는 게 아니야. 그래서 말인데 상점을 꾸리는 대표 주인장은 돌아가면서 하는 게 좋을 것 같아. 6개월도 괜찮고 1년 주기도."

온조가 세 사람을 둘러보며 말했다. 방학이 끝나 갈 무렵이었지만 더위는 꺾이지 않았다. 계절이 뒷걸음질 치는 것처럼 다시 무더위가 찾아왔다. 40도를 오르내리는 폭염의 연속이었다. 상점 운영을 개편하자며 오프라인에서 전체가 모인 건 처음이다. 혜지와 난주는 팥빙수가 나왔을 때 팥을 섞으냐 마느냐로 신경전을 벌였다.

"난 눈꽃 위에 팥을 얹어 먹어."

난주가 스푼을 들고 의욕적으로 빙수를 비비려고 할 즈음, 혜지가 손을 뻗어 저지하며 단호하게 말했다. 난주는 김샜다는 표정으로 스푼을 탁자 위에 소리 나게 내려놓았다. 난주와 혜지는 메뉴를 정할 때부터 팽팽했다. 망고냐 팥이냐로 대립각을 세웠다. 뒤늦게 이현이 지갑을 가져오지 않았다는 것을 알고 각자의 주머니를 털었다. 겨우 팥빙수 하나 먹을 수 있는 돈이었다.

"이유가 뭔데?"

이현이 난주와 혜지의 신경전 같은 건 안중에도 없이 온조의 말에 건조하게 물었고 난주가 반색하며 동의의 말을 붙였다.

"그래, 나도 궁금. 굳이 그렇게 하는 이유가 뭐야?"

난주가 팥빙수에서 눈을 떼지 않고 물었다.

"책임감의 다른 표현이라고 해도 좋고, 한 사람의 생각으로 운영이 편향되는 것도 막을 수 있고, 무엇보다 무보수이기 때문에 대가로 리더의 권리를 주는 것도 좋을 것 같고, 제일 중요한 건 이건 내 상점이 아니라는 거야. 이미 너희들이 주인장이기 때문이지."

"권리라기보다는 책임 아닐까? 썩 유쾌한 대가는 아닌 것 같지 않니?"

혜지 또한 팥빙수에서 눈을 떼지 않고 뾰족하게 되물었다.

"정확히 얘기하면 무보수는 아니지. 온조 네가 그랬던 거 기억나는데, 하나의 미션을 해결할 때마다 달라지고 있는 나를 느낄 수 있다고."

이현이 차분한 목소리로 은근 온조의 편을 들며 말했다. 난주와 혜지가 서늘한 눈빛으로 이현을 쏘아보았다.

"올~ 하하하, 역시 만만치 않은 주인장들이라 맘에 들어. 내가 좀 사람 보는 안목이 높지."

온조는 애써 웃으며 넘기려 했다. 여기저기 불협화음이 요란한 걸 보니 어느 것 하나 순탄하게 넘어가지 않으리라는 짐작이 갔다. 멤버를 다독이고 단합하는 게 급선무였다. 혼자 꾸렸으면 거치지 않아도 될 과정이 생긴 것 같아 성가시다는 생각이 들었지만 좋은 점도 많을 것이다. 우선 누군가와 함께한다는 것이 무엇보다 든든했다. 의뢰인의 편지를 읽는다거나 미션을 수행할 때 심장이 콩닥거리는 증세가 덜했다. 판단의 근거를 함께 마련할 수 있어서 좋고, 무엇보다 생각의 균형을 잡을 수 있다는 게 미션을 해결하는 데 앞서 마음의 짐을 덜게 해 주었다.

"대가를 아예 받지 않는 건 아니야. 대가라는 개념을 다르게 생각해 보자는 거지. 보수, 그러니까 그게 돈이라는 개념이라고만 한정 짓지 말자는 거야. 방금 이현이가 얘기한 것처럼 그 사람의 경험이 쌓인다, 즉 그 사람이 미션을 수행하면서 쌓인 시간이 어떤 영향을 받는지, 그러니까 '경험의 승리'라는 말을 실험해 보자는 거지. 그 말이 맞는지 말이야."

돈이 개입되지 않는 상점을 제안한 건 불곰이었다. 불곰의 우려는 학생 신분으로 돈을 받고 어떤 일을 대리로 한다는 건 위험의 소지가 있으며 학교에서도 얼마든지 꼬투리 잡을 수 있는 일이라고 했다. 돈의 대가가 그렇게 호락호락, 말랑말랑하지만은 않을 거라는 얘기였다. 그런 우려가 없다면 얼마든지 상점을 꾸려도 좋다고 했다. 그것이 엄마에게 비밀로 부치는 조건이었다. 약간의 협박과 같은 의견과 설득의 과정이었지만 온조는 불곰의 설득에 넘어가기로 했다. 엄마와 온조에 대한 애정이 느껴졌기 때문이다. 무엇보다 불곰은 온조의 실험 정신을 높이 평가했다. 미래에는 사고의 유연성이 그 어떤 것보다 필요할 거라며 온조의 어깨를 툭 쳤다. 변화의 속도가 이렇게 빠른 시대에, 틀에 갇혀 있는 생각은 어디에도 적응할 수 없다고 덧붙였다. 그러니까 온조의 가능성을 오버평가 해 주는 사람이 한 사람 더 있는 것이다. 그것이 비록 과할지언정 믿고 바라봐 주는 사람이 있다는 건 더 잘하고 싶은 의욕을 불러일으키기에 충분했다.

돈이 개입되지 않아야만 뜻이 자유로울 수 있는 건, 지난번 경험으로도 충분했다. 물질적 생산성만이 시간의 진정한 의미가 아니며, 물질의 환산 그 이상이 있다는 것을 알고 무보수로 바꿔야겠다는 결심도 경험이 준 선물이다.

그것이 시간을 파는 상점을 더 의미 있는 공간으로 만들 수 있겠다는 생각이 들었다. 돈으로 환산된 것만이 대가냐고 물었던 불곰의 말을 온조는 오랫동안 붙들고 늘어졌다. 물질의 환산, 그 이상이 사람들 사이에 있다는 것을 기억하라고 했던 말도 잊지 않았다. 온조는 불곰의 말을 멤버들에게 전했고 멤버들의 의견도 같았다.

말을 마친 온조는 입술을 앙다물며 애써 웃는 모습으로 세 사람을 둘러보았다. 싸늘했다. 재미로 하자는 건데 죽자고 덤비는 꼴로 분위기를 다운시킨 것 같아 눈치가 보였다.

온조의 눈빛이 동의를 구한다는 걸 이현은 알고 있다. 경험의 승리라, 그건 또 무슨 말일까. 이현은 앙다문 온조의 입술을 바라보았다. 제법이라는 생각은 있었지만 한 발짝 앞서가는 온조의 뒤를 허둥지둥 따라가는 느낌이 들었다. 의심하고 흔들리고 실험해 보려는 온조의 저 유연성은 어디서 생기는 것일까. 시간을 파는 상점을 시작한 것도 '시간은 돈이다'라는 말을 실험해 보고 싶은 거라고 했다. 주어진 명제를 의심하는 것, 말이나 개념을 현실화시켜 보는 것. 보기에는 지극히 평범해 보이는 온조의 비범함이 거기에 있는 것이 아닐까.

이현은 '내가 온조에게 걸맞은 친구가 될 수 있을까?'라는 생각을 종종한다. 온조를 만날 때, 나대는 심장을 감추느라 무던히 애써야 했다. 감정을 감추고 누를수록 불쑥불쑥 오버하는 자신을 발견할 때마다 어딘가로 도망치고 싶었다. 온조가 시간을 파는 상점을 같이 꾸리자고 제안했을 때 숨이 멎을 정도로 좋기도 했지만 걱정이 앞서기도 했다. 거리 조절을 잘할 수 있을까. 잘못하면 관계가 어그러질 수도 있기 때문이다. 난주와 온조 사이에서 누구보다 균형이 필요한 사람은 이현 자신이라는 걸 알고 있다. 거기다 뇌리에서 떠나지 않는 강토라는 사람. 온조와의 사이에서 무척이나 신경 쓰이는 인물이다. 정체를 모르면 상상의 실체는 걷잡을 수 없이 커지는 모양이다. 강토가 어떤 사람일지 그려 볼수록 밀려오는 초조함을 떨쳐 버릴 수 없다.

"의뢰인에게 돈을 제외한 다른 것을 요구해 보는 건 어때? 재밌을 거 같지 않냐? 불곰 샘의 말도 그런 여지가 들어 있는 것 같고. 경험의 승리, 난 그런 어려운 말 모르겠고, 난 물질의 승리로 가 보려고. 우히히히."

난주가 팥빙수를 한입 떠 넣은 뒤 말했다. 아무것도 모른다는 식으로 툭툭 던지는 난주의 화법은 여전했다. 허술함 속에 보석 같은 알맹이가 반짝인다고 해야 할까.

앞니에 팥 껍질이 낀 것도 모른 채 이현 앞에서 입을 벌리고 웃는 난주의 저 고전적인 순애보는 또 어찌하랴. 온조는 애써 웃음을 참으며 난주의 발을 툭 쳤다. 난주는 무신경한 채 제가 한 말에 감동하여 우쭐한 얼굴로 주위를 둘러보았다.

"물질의 승리?"

이현이 난주를 바라보며 물었다. 난주는 이현의 반응에 완전 꿀떨어지는 눈빛이다. 턱 아래 두 손을 고인 뒤 이현을 향해 히죽 웃었다. 난주야, 제발— 하는 말이 신음처럼 흘러나올 정도였다. 온조는 다시 난주의 발을 쳤다. 난주는 말을 더 이어 보라는 신호로 알고 자신감 넘치는 목소리로 말했다.

"예를 들면 예전엔 아주 소중한 것이었지만 지금은 쓸모없어진 물건을 내놓는 거야. 우리가 쓰는 물건들이 대부분 그렇잖아. 시간 이라는 것이 퇴색되게 만드는 거지. 결국 마음 때문에 그런 것 아니겠어? 관계에도 유통기한이 있는 것처럼 말이야."

"야, 무슨 재활용 통인 줄."

한참 만에 겨우 입을 뗀 혜지가 싸늘하게 말했다. 망고빙수를 놓친 서운함을 에둘러 표현하는 것 같았다.

"뭐?"

난주의 눈빛이 매섭게 빛났다.

"재수 없어."

난주가 뇌까리자 혜지의 표정이 싸늘히 굳었다.

"크흠흠. 못 살겠다, 정말. 이래 가지고 상점을 꾸릴 수나 있겠어?"

온조가 물 뿌리듯 진화 작업에 나섰지만 둘의 신경전은 장난이 아니었다.

"난주의 생각도 나쁘지 않다고 생각해. 돈을 떠나 물건을 통해 이야기를 만날 수도 있는 거잖아."

온조는 혜지가 신경 쓰이긴 했지만, 의견에는 의견으로 말하는 게 좋겠다는 뜻으로 나섰다.

혜지가 창밖으로 고개를 돌렸다. 그런 뒤 자리에서 벌떡 일어났다. 세 사람은 당황하여 혜지를 올려다보았다. 혜지는 가방도 챙기지 않고 카페 안을 가로질러 걸어갔다. 물통 앞에 멈춰 선 뒤 물을 따랐다.

"휴, 놀래라. 지금은 회의 중이니까, 말 좀 조심하자, 응?"

온조가 난주에게 으르듯 말했다. 난주는 어깨를 으쓱하며 자기 탓이 아니라는 제스처를 했다.

온조가 제 이를 가리키며 사인을 보내도 난주는 눈치채지 못했다. 이현 앞에서 난주가 돋보이길 바랐지만 이에 긴 팥 껍데기까지 어찌해 줄 수는 없었다.

혜지가 말없이 냉수 몇 잔을 테이블 위에 놓았다.

"웬열?"

난주가 의외라는 표정으로 혜지를 올려다본 뒤 물을 마셨다.

혜지는 아무렇지 않게 자리에 앉은 뒤 냉랭한 표정으로 팔짱을 끼며 말했다.

"난, 시간을 요구하겠어. 상점에 의뢰하면서 드는 시간만큼 대가로 그 사람의 시간을 받는 거야."

다들 의아한 눈빛으로 혜지를 바라보았다. 혜지는 시선을 아래로 떨구며 말을 이었다.

"흠흠. 전에 온조, 크로노스에게 진 빚도 있고."

"무슨 말이야?"

온조가 물었다.

"돈만 주면 다 되느냐, 심부름센터랑 뭐가 다르냐면서 내가 분탕질한 거 기억 안 나? 너 그때 되게 파르르했잖아."

"그래, 오혜지. 네가 얼마나 재수 없었는지 알긴 아냐?"

"그런 말을 한두 번 들은 건 아닐 거 아니야. 무보수로 운영을 바꾼 것도 그 영향이 클 테고"

"이제 그 정도 맷집은 생겼지. 시간을 어떻게 받는다는 건지 자세히 좀 말해 봐."

온조는 문제의 실마리가 풀리는 것 같아 잔뜩 구미가 당기는 표정으로 말했다.

"불곰 샘의 말, 꼭 돈이어야 할까, 하는 생각에서 출발한 거야. 너희들이 말한 경험과 물질의 승리라는 말에서 힌트를 얻었고. 온조 너도 고민되는 지점을 말했었잖아."

"그니까, 어떻게."

이현이 다그쳐 물었다. 혜지는 이현을 바라본 뒤 차분하게 말했다.

"의뢰자가 아니어도 시간을 내놓을 수 있는 공간으로 만드는 거야. 일종의 플랫폼 같은 거지. 주식시장에 주식을 상장하듯 말이야. 필요한 사람은 그것을 사 가는 대신 대가로 자신의 시간을 내놓는 거야. 우리는 그것을 매칭해 주기도 하고, 단 그 일을 할지 말지는 순전히 당사자의 선택이고. 봉사 점수를 따기 위해 우리도 그만큼의 시간을 지불하는 원리와 비슷, 누적되는 거라고 생각하면 돼. 후에 그 누적된 시간으로 내 일을 맡길 수도 있고. 누구나 시간을 사고팔 수 있는 상점이 되는 거지. 모든 매개체는 '시간'이 되는 것. 더 자세한 규칙은 이제부터 우리가 만들면 되고."

혜지가 새침하게 말꼬리를 끊었다. 아무도 말을 잇지 못했다. 혜지의 말을 곰곰이 생각하느라 다들 골똘했다.

"그러니까 시간을 사고파는 범위가 넓어지는 거라고 보면 돼. 누구는 시간을 사기도 누구는 시간을 팔기도. 우린 그걸 조율해 주면 되는 거야. 시간 중개업자. 타임 브로커, 타임 세일러 등등 부르는 거야 뭐, 정하면 되는 거고. 일테면 그런 개념이라는 거지."

"오— 대박."

온조는 소름이 돋았다. 어깨를 문지르며 감탄사를 연발하며 말을 이었다.

"시간 공유 제도 개념인 거네. 서로가 서로의 시간을 유용하게 쓰고 또 다른 사람이 쓸 수 있도록 내놓는 거. 이렇게 되면 말 그대로 시간이 매개가 되어 사고파는 것이 되는 거잖아."

온조는 그간, 불온한 일에 이용당할 수 있다는 위험, 돈 받고 일하는 심부름센터와 뭐가 다르냐는 비아냥거리는 말을 듣고 진짜로 시간을 사고팔 수는 없을까, 고심했던 날들이 떠올랐다. 모든 것이 시간 선상에 있으며 시간의 축적으로 추상적인 것이 재화가 되고 물질이 되는 원리가 분명하다면 진짜 시간을 사고팔 수 있는 지점도 있지 않을까, 라고 생각을 이어 갔다. 온조가 새로운 발견이라도 한 양 흥분해서 말했다.

"경험의 축적으로 대가를 준다는 말도 가능하겠는걸. 경험의 축적이란 곧 시간의 축적을 말하는 거고. 시간을 어떻게 썼는지에 대한 결과는 개인이 보상받는 거고."

'우리가 우리 안에 있는 것들 가운데 아주 작은 부분만을 경험할 수 있다면 나머지는 어떻게 되는 걸까?' 현재의 삶 때문에 경험하지 못한 다른 삶은 어떻게 되는 것인가, 라는 질문을 끊임없이 반복하는 소설 『리스본행 야간열차』의 한 구절이 생각났다. 살면서 우리가 경험할 수 있는 것들은 얼마나 파편적인 것인가. 자기가 경험한 일부만을 보고 마치 세계의 전부를 본 것인 양 말하는 건 또 얼마나 많은 오류를 낳는가. 어쩌면 살면서 한 번도 맞닥뜨릴 수 없는 것을 상점을 통해 겪어 볼 수 있다면, 아주 매력적인 공간이 되지 않을까 싶었다.

뭔가 다른 지점이 보이는 것 같았다. 좀 더 넓은 곳으로 나아가는 느낌이라고 해야 하나. 조붓한 물길을 벗어나 강을 지나고 대양을 만나, 드넓은 물의 표면을 가로지르는 범선의 모습이 된 것 같았다. 생각만으로도 가슴이 트였다. 돛을 팽팽히 펴고 바람을 가르며 바다로 나설 때, 막막함도 있겠지만 예측할 수 없는 긴장과 재미, 새로움에 대한 기대도 있을 것이다.

문득 방과 후 요가반 선생님이 했던 말이 떠올랐다.

"우리 몸에서 잘 쓰지 않는 근육이 얼마나 많은지 알아? 일이나 운동할 때도 특정 근육만을 쓰게 되어 직업병이 생기고 몸의 균형이 깨지게 되는 경우가 있어. 우리는 보통 생활 근육만 기계적으로 쓰게 되는데 요가는 우리 몸의 유연성을 길러 줘서 갑작스러운 움직임에도 대처할 수 있게 하지."

시간을 공유하는 것은 어쩌면 우리가 한 번도 맛보지 못할 경험을 줄지도 모른다. 벌써부터 설렜다. 120년 혹은 150년까지 살 수도 있다는 말을 듣고 아이들은 탄식과 같은 비명을 질렀다. 숨이 턱 막혔다. 지루하지 않게 살 수 있는 방법은, 새롭게 보는 눈을 가진 자만이 가능하다고 했다. 똑같은 일상이지만 매일매일 다른 날이며 이 우주에서 처음 온 날이기 때문에 새로운 지점을 발견하는 것이 삶의 유연성을 기르는 것이라고 했다. 온조는 그동안 풀리지 않았던 실마리를 잡은 것 같아 생각의 봇물이 걷잡을 수 없이 터지는 걸 느꼈다.

행복의 기준이 돈과 명예의 축적이 아니라 경험의 축적으로 옮겨 간다면, 삶을 더 풍요롭게 누릴 수 있지 않을까 하는 생각에까지 다다랐다.

어느새 빙수 그릇은 바닥이 드러났고 팥 알갱이 하나 남아 있지 않았다. 이현이 뭔가 정리된 듯한 표정으로 말했다.

"하버드생들은 성적 장학금이 없대. 이미 성적으로 보상을 받았기 때문이지. 그것과 비슷한 맥락 아닐까. 물질로 대가를 주는 것이 아니라 과정이나 결과로 보상받았다고 생각하라는 거지."

이현은 고저 없는 목소리로 차분하게 말했다. 온조는 이현을 보며 저렇게 집중시키는 화법도 참 능력이라는 생각이 들었다.

"진짜? 그럼 장학금이 없다는 거야?"

난주가 이현의 말에 반색하며 물었다.

온조는 이현과는 정반대로 늘 흥분과 나댐의 연속인 난주의 말투를 들으며, 난주가 이현에게 끌린 건 자기가 갖고 있지 않은 저런 차분함 아닐까, 하고 생각했다.

"부모의 소득별로 장학금이 나간다고 들었어."

이현은 뭔가 정리가 된 듯한 표정으로 주위를 둘러본 뒤 말을 이었다.

"리더를 바꿔 보는 것도, 시간을 매개로 하는 것도 찬성."

경험의 축적이라는 말에 고무된 것일까. 이현의 목소리에서 팽팽한 탄력이 느껴졌다.

"좀 더 구체적인 이유를 말해 보자. 우리가 이런 방법을 선택한 명분을 정리할 필요가 있어. 그렇다고 거창할 필요는 없겠지만 우리끼리만의 이유라도."

온조가 기대에 차서 숨 가쁘게 말했다.

"재미, 기대, 뭐 한마디로 말할 수 없는 복합적인 매력이라고 해 두지. 순수한 경험의 승리를 체험해 보는 것도 지금이 아니면 불가능할 것 같고."

이현이 아주 시크하게 말했다. 허세는 여전했다.

"그럼 나도 콜."

난주는 물질의 승리, 뭐 이런 말은 까마득하게 잊은 채 콜을 외쳤다.

"그럼 정이현, 이번엔 네가 해 보는 게 어때?"

혜지가 아무렇지 않게 말했다. 누군가의 허세에 찬물을 끼얹어야 직성이 풀리는 혜지다운 제안이었다. 그런 혜지 덕분에 진행 속도가 빨랐다. 이현이 0.5초 정도 머뭇거렸던가? 세 명의 시선이 이현에게 쏠리자, 이현은 고개를 끄덕이며 답했다.

"그래."

아주 간결했다. 온조는 이현의 저런 허세는 얼마든지 봐줄 수 있다는 생각이 들어서 쿡, 웃음이 나왔다.

그렇게 해서 이현이 리더로 결정되었고 시간을 파는 상점 플랫폼을 정비하여 올리게 되었다.

타임백(Time Bag−시간 적립)

미션을 수행한 사람이 받는 대가. 후에 그 시간만큼 '나의' 일을 맡길 수 있음. ⊕로 표기.

타임바이(Time Buy−시간 구매)

의뢰인이 지불해야 할 시간 체킹방. 쓴 시간만큼 시간으로 대가를 지불해야 함. ⊖로 표기.

타임리스팅(Time Listing−시간 상장)

누구나 시간을 내놓을 수 있는 시간 시장. '내'가 할 수 있거나 하고 싶은 것을 시간 단위로 내놓아 팔 수 있는 것. ⊛로 표기

*6개월 혹은 1년 주기로 정산. 정산 시 타임바이에 마이너스 시간이 있으면 시간당 1,000원으로 계산, 타임백에 적립한 사람에게 지불한 후 떨어낸다.

재정비한 상점의 모습은 불곰이 보았다 하더라도 거리낄 게 없었다.

"바로 코앞만 생각하는구나."

불곰이 곰곰이 생각하는 투로 말했다. 불곰의 덥수룩한 머리칼과 두툼한 어깨가 고민의 무게를 대변하는 것 같았다.

"지난 일은 생각 안 하는 거니? 학교를 속이고 혼란에 빠트린 것. 결과가 좋다고 과정에 있던 일까지 그냥 넘어가는 건 아니다. 문제 삼으려면 얼마든지 문제 삼을 수 있어. 그것을 빌미로 학교에서 당장 관여하고 해체를 요구할 수도 있어."

온조는 이현과 눈이 마주칠 때 불곰의 말을 인정할 수밖에 없다는 것을 알았다.

"나도 너희들이 지금 하고 있는 일이 옳지 않다고는 생각 안 해. 너희들을 응원하기 때문에 지금 이 자리에 있는 거고. 아무도 다치지 않고 좋은 결과를 얻어 낼 수 있다면 좋겠다."

이미 시작된 일이다. 무엇이 되었든 되돌릴 수 없다. 불곰 샘의 말대로 좋은 결과를 얻어 낼 수 있도록 최선을 다하는 수밖에.

"명단이 작성된 거 알아요. 오히려 잘됐어요. 짐작했던 바예요. 더 당당하게 행동해도 될 거 같아요."

온조가 불곰을 정면으로 바라보며 고집스럽게 말했다. 뒤이어 이현이 불곰을 향해 말했다.

"학교에서 불이익을 줄 명분이 있나요?"

"그래, 비겁한 건 알지만 얼마든지 만들려면 가능하다. 규칙과 규범 차원에서 본다면 학교 입장에서는 얼마든지 걸고넘어질 수 있어."

"그 규칙에 복종하지 않은 거요?"

온조가 대꾸하듯 물었다. 자신 외에 아무도 되물을 수 없는 처지라는 것을 알기에 더더욱 나섰다. 불곰 앞에서는 온조 엄마와의 인연 때문에 이현과 난주가 눈치 본다는 걸 안다. 그것도 마음에 걸렸다.

"난, 너희들이 문제아가 아닌 문제아로 찍힐까 봐 걱정된다."

"그렇게 다들 몸을 사리면 변화는 어떻게 오는 걸까요. 옳지 않음은 어떻게 수정될까요?"

이현이 낮은 목소리로 물었다.

불곰이 말없이 고개만 주억거렸다. 더 이상 어떤 말을 붙인다면 변명에 가깝다는 걸 불곰도 모르지 않을 것이다.

"선생으로 그리고 어른으로 너희들한테 할 말은 없다만……."

불곰이 이현의 어깨를 두드렸다. 그런 뒤 온조와 난주를 향해 말했다.

"미안하고 고맙다."

하루가 1년처럼 긴 날이다. 오늘 아침 기습 시위를 시작으로 야자를 마치고 집에 돌아오기까지의 시간을 생각하자, 등골에 진땀이 배어났다. 온조는 컴퓨터를 켜고 시간을 파는 상점 플랫폼을 열었다.

　메인 화면에 올려놓은, 에머슨의 시가 천천히 스크롤되며 올라왔다. 엄마가 선물로 준 새 다이어리 맨 앞장에 적혀 있는 시였다. 손글씨로 꾹꾹 눌러쓴 시 한 편으로 엄마는 하고 싶은 말을 대신했다. 온조는 그대로 사진을 찍어 손작업한 것처럼 수정한 뒤 메인 화면에 올렸다.

자주 그리고 많이 웃는 것

현명한 이에게 존경을 받고

아이들에게 사랑을 받는 것

정직한 비평가의 찬사를 듣고

진정한 친구가 아닌 자의 배반을 참아 내는 것

아름다움을 느낄 줄 알며

사람들에게서 가장 좋은 점을 찾아내는 것

아이를 건강하게 기르든

한 뙈기의 정원을 가꾸든

사회환경을 개선하든

자기가 태어나기 전보다

세상을 조금이라도 살기 좋은 곳으로 만들어 놓고 떠나는 것

자신이 한때 이곳에 살았음으로 해서

단 한 사람의 인생이라도 행복해지는 것

이것이 진정한 성공이다

　　　　　　　　　　　—「무엇이 성공인가」랄프 왈도 에머슨

　누군가에게, 내가 쓴 시간이 유용하게 쓰인다면 성공한 삶이라는 말과 통하는 것 같았다. 시간을 파는 상점 또한 내가 쓴 시간이 누군가에게 소용이 닿기를 바라는 마음에서 시작한 것이다. 가위손아저씨를 위해 기꺼이 움직이기로 한 것도 상점의 취지와 맞닿았기 때문이다. 내가 쓴 시간이 누군가의 생명 줄이 걸린 일인지도 모른다. 상점의 멤버가 문제아로 찍히고 상점이 폐쇄당할지도 모르는 위험을 감수한 것도 그런 이유이다.

　기습 시위를 끝으로 그렇게 조용히 주말이 오는가 싶었다.

숲속의 비단

이현이 그 집에 들어섰을 때 사위가 너무나 조용했다. 도무지 그칠 것 같지 않은 매미 소리마저 아스라이 멀어져 가는 느낌이 들 정도로 적막했다. 샛길로 잘못 드는 바람에 동네를 다 돌다시피 했다. 진즉에 길을 묻고 싶었지만 사람이 보이지 않았다. 지나가는 강아지 한 마리 없었고 개 짖는 소리조차 나지 않았다. 집집마다 마당 귀퉁이에 분명 개 한 마리씩 있었지만 대부분 축 늘어져 자거나 혀를 빼물고 할딱거릴 뿐, 낯선 사람을 보아도 짖지 않았다. 인내의 한계에 다다를 것 같은 후텁지근한 날씨 탓이라고 치부하기엔 이상했다. 무성한 숲과 집 안팎의 농작물이 집과 사람들을 죄 삼켜 버릴 듯 초록으로 넘실댔다. 그야말로 초록의 무성함에 기가 질려 숨 쉬는 것조차 버거울 지경이었다.

약속 시간은 이미 지났다. 울타리나무 그늘 아래 묵은 나무 밑 둥치처럼 앉아 있는 노인을 발견한 건, 해가 조금 서쪽으로 기운 뒤였다. 노인을 발견하고는 너무 놀라 저절로 뒷걸음질 쳐졌다. 살 아있는 사람처럼 보이지 않을 정도로 움직임이 없었다. 이현과 눈 이 마주치자 노인의 눈에 서서히 빛이 들어오는 것 같았다. 할아 버지에게 길을 물었다. 개 한 마리 짖지 않는 고요한 오후, 노인은 아주 느린 몸짓으로 힘겹게 팔을 뻗어 올렸다. 노인은 산모퉁이를 돌아 동네와는 외떨어진 쪽을 가리켰다. 집은 보이지 않고 작은 개울 건너 야트막한 언덕 아래 조붓하게 난 길이 보였다. 그러니 까 길이 끝나는 곳에 집이 있는 모양이다. 그쪽 어디쯤, 집이 있을 거라고 믿고 가야 할 판이다. 이런 데를 온조 혼자 왔다면? 아무리 생각해도 무리였다. 더군다나 한 번도 가 보지 않은 초행길에 몇 시간 동안 사람을 대면해야 하는 일이지 않는가.

혜지나 난주가 간다고 했어도 말렸을까? 이현은 자기도 모르게 온조의 말과 움직임에 예민하게 구는 자신을 자주 발견하곤 했다. 온조의 마음이 어떤 건지 알면서도 접어지지 않았다. 처음이라는 것은 각인되다시피 하는 마력이 있는 모양이다. 아무리 다른 마음 을 먹어 보려고 해도 인장처럼 찍혀 버린 것을 바꾸기란 쉽지 않 았다. 온조의 마음을 확인하고 싶어 하던 그간의 시간이 이현에게 는 무척 힘들었다. 그럼에도 불구하고 온조를 향한 마음은 더 깊 어져만 갔다. 말을 나누거나 생각만 해도 늘 심장박동이 빨라지다가 가슴 한쪽이 아팠다. 온몸의 세포가 예민하게 곤두선다고 해야하나, 어떤 때는 몸살처럼 근육이 아프기도 했다.

외곽에 위치한 외딴 곳이기도 하지만 되도록 남학생이면 좋겠다는 의뢰인의 덧붙인 말이 아니었다면 온조를 설득하기가 쉽지 않았을 것이다. 온조 말에 의하면 상점을 개편하기 전, 마지막으로 들어온 일이라고 했다. 온조는 의뢰를 거절할 수도 있었지만 평생 옷만 만들다가 돌아가신 외할머니 생각이 간절해서 자신이 꼭 하고 싶다고 했다. 그런데 공교롭게도 온조에게 약속이 겹치는 바람에 이현이 나선 것이다. 온조는 오늘 꼭 만나야 할 사람이 있다고 했다. 그가 누구인지 짐작이 가지 않는 건 아니지만 난주를 통해 들었을 때는 마음이 휑하니 비어 버린 느낌이었다. 만나다니, 말로만 전해 들었을 때하고는 또 달랐다. 스르륵 팔다리에 힘이 빠져 땅속으로 꺼지는 것 같았다. 낯모르는 사람이 자신과 온조와의 사이에 끼어들어 생긴 거 같은 거리감이 체감된다고 해야 하나, 가슴이 숭숭 뚫려 바람이 드나드는 느낌이 들었다. 몹시도 허해져 아무 의욕도 일지 않았다. 오늘 맡은 일이 아니었다면 침대 위에 하루 종일 널브러져 있을 뻔했다. 아침 일찍 눈을 뜨고도 오랜 시간 침대에 있는데 원인을 알 수 없는 화가 치밀어 오르기도 했다. 어떻게 네 맘 모른다는 듯 온조는 모르쇠로 일관하면서, 강토를 향해서는 맨발로 뛰쳐나갈 만큼 기우는지…… 괘씸하다는 생각마저 들었다. 한편으로는 난주의 마음이 되짚어지기도 했다. 자신을 향한 난주의 마음도 다르지 않으리라는 생각이 들었지만 그것과는 또 별개라는 생각이 들었다. 사람들은 누군가를 생각하는 마음이 세상 어디에도 없는 자신만의 특별한 것이라고 착각하는 모양이다.

기우는 해를 받은 강아지풀이 바람에 살랑이며 노랗게 반짝였다. 길가에 피어 있는 코스모스가 이따금 눈에 들어왔다. 때 이르게 피어난 것일 텐데, 아무리 더워도 계절은 가고 또 올 것이다. 또르르, 등골을 타고 땀방울이 흘러내렸다.

고개를 길게 빼고 숲속으로 난 모롱이를 돌아보았다. 초콜릿색 지붕이 얼핏 보였다. 반갑기 그지없다. 지붕이 보이는 것만으로도 두려움이 좀 누그러지는 것 같았다. 조붓한 숲길을 빠져나갈 무렵 누런 모래가 깔린 오솔길이 보였다. 오솔길 양옆으로 예쁜 꽃들이 한창이었다. 하늘말나리, 땅나리가 주황색 등불을 켜고 길을 비추는 거처럼 길 쪽으로 넌출지어져 있다. 그다음에 연보라 쑥부쟁이가 다복했고 그 위로는 해바라기꽃 여러 송이가 수문장처럼 집 안을 가리고 있다. 대문 대신인 것 같았다. 해바라기꽃으로 된 대문이라니. 그 옆에는 '숲속의 비단'이라고 새긴 나무 팻말이 쓰러질 듯 삐딱하게 꽂혀 있다. 의뢰인, 란의 닉네임이 숲속의 비단이다. 제대로 온 것 같아 그제야 마음이 놓였다.

"계, 계세요?"

적막함에 기가 눌려 목소리조차 나오지 않았다. 대답이 없다. 정적을 깨는 건 이현의 목소리뿐, 다시 고요하게 잦아들었다. 뜨거운 햇살이 나무 사이를 비집고 마당에 고즈넉이 내려앉았다. 온통 진분홍색으로 버무려진 배롱나무가 눈에 익숙했다. 학교 수돗가 근처에도 오래된 배롱나무가 있다. 가위손아저씨가 이름표를 붙여 놓아서, 수돗가를 오가며 세뇌되듯 알게 된 나무이다.

부러 조명이라도 떨어트린 듯 배롱나무 부근은 화사했다. 마당 한가운데에는 연못이 있다. 그 안에 작은 인공섬을 만들어 수초를 심었는데 물이 거의 말라 있다. 수초도 바람 한 점 타지 않았다. 곧게 뻗은 수초에 나려 앉은 고추잠자리도 조형물처럼 움직임이 없다. 마당에는 갖가지 화초와 나무들이 즐비하다 못해 넘쳐 났다. 정성 들여 심은 것 같았지만 정성 들여 돌보지는 않은 듯 무질서했다. 시간의 더께가 내려앉은 잃어버린 옛 추억의 흔적을 보는 듯한 폐허의 정원 같다.

찾아오는 것부터 쉽지 않았다. 도심을 벗어나 외곽으로 달리기 시작한 버스에는 승객이 점차 줄었다. 정류장마다 짐짝 부리듯 나이 지긋한 노인들이 무거운 발걸음으로 버스 계단을 디디며 사라졌다. 목적지는 종점이라고 했다. 더 이상 버스가 갈 수 없는 곳, 그 들판의 막다른 길, 가장 깊은 곳이라고 했다.

마당 안으로 들어설수록 안쪽은 더 넓고 깊었다. 돌계단으로 마당을 구획해 놓았지만 함부로 풀어 헤친 머리칼처럼 화초들의 이파리가 경계석을 넘나들었다. 숲 쪽으로 나 있는 마당 옆에 제법 큰 계곡이 있다. 마치 마당 옆으로 물길을 숨기고 있는 듯, 계곡을 따라 큰키나무들이 즐비했다. 연이은 폭염으로 계곡의 물도 말라 바닥을 적실 뿐 큰물이 흘렀던 흔적은 보이지 않았다.

뒤쪽 마당에서 어슬렁어슬렁 흰둥이 한 마리가 나타났다. 낯선 사람에 대한 경계의 눈빛이 없다. 아주 순해 보였다. 이현 또한 흰 둥이가 반갑기 그지없다. 뭔가 움직이는 물체가 있고 살아 있는 것이 있다는 게 더없이 반가웠다. 뒤이어 누렁이 한 마리가 나왔 다. 누렁이 눈빛 또한 사나움하고는 거리가 멀었다. 짖지도 않다 니. 그러고 보니 마을 초입에서 마주친 개들도 하나같이 짖지 않 았다. 눈만 껌뻑일 뿐 낯선 얼굴이 담장 위로, 대문간으로 기웃댔 지만 아무런 반응을 보이지 않았다. 뒤이어 또 한 마리의 개가 나 타났다. 이번엔 아주 작은 바둑이이다. 흰둥이와 누렁이에 뒤이어 꼬리를 살랑이며 따라붙었다. 고양이 두 마리가 계곡과 마당 사 이 난간을 사뿐히 걷고 있는 모습을 본 건 어린 바둑이에 눈이 팔 려 쭈그려 앉을 때였다. 어디선가 연이어 다른 동물이 나올 것 같 아 바둑이 머리를 쓰다듬으면서도 눈으로는 주위를 두리번거렸 다. 고양이 두 마리는 폴짝 마당 턱을 내려와 좀 먼 거리서 기웃댔 다. 하나같이 순하고 얌전했다. 어서 오라고, 기다리고 있었노라는 듯, 이현의 주위로 조금씩 몰려들었다. 현실감이 나지 않는 공간에 전혀 현실적이지 않는 동물들의 반응, 꿈속인가 싶을 정도로 믿기 지 않는 풍경이었다. 전혀 상상할 수 없는 공간이 마을 안 깊숙이 숨겨져 있는 것만 같았다.

뒤이어 희미하게 이현의 귀를 자극한 건 규칙적으로 나는 기계 소리였다. 유리로 된 미닫이문 앞에 서자, 기계 소리는 조금 더 커졌다. 이현은 유리문에 손을 대고 힘껏 밀었다. 기계 소리가 와락 쏟아졌다. 재봉틀과 에어컨 돌아가는 소리였다. 안쪽으로 고개를 들이밀며 말했다.

"크으흠흠, 안녕하세요?"

서쪽으로 기우는 해가 방 안에 가득 차 있다. 입구에는 아주 화려한 꽃무늬 천이 즐비하게 걸려 있고 마치 그것이 커튼처럼 내실을 가리고 있다. 재봉틀 소리가 멈췄다.

"아, 어서 오세요."

머리에 두건을 쓴 아주머니가 천 사이로 얼굴을 내밀었다. 마치 화려한 꽃밭 속에서 숨바꼭질하듯 얼굴만 내미는 것처럼 보였다.

"늦었네요. 오느라 힘들었죠?"

늦었네요, 라는 말 뒤의 표정 또한 너무나 환해서 질책하는 거처럼 들리지 않았다.

"아 네, 집을 찾느라……."

"그랬을 거예요. 여기 오는 사람마다 초행길은 다들 헤매요."

실내는 생각보다 쾌적하고 시원했다. 내실 한 귀퉁이는 옷감으로 어지러웠다. 한참 일하는 중이었는지 재봉틀 옆 작업대에는 여러 모양으로 조각난 옷감이 수북했다.

"아이구 저런, 땀 좀 봐. 찾느라 여간 힘든 게 아닌 모양이네. 여기 좀 앉아요. 땀 좀 식혀요. 날이 거꾸로 가는 모양인가 봐. 살랑하니 가을이 오는가 싶더니 도로 폭염이네."

두건 아래 나온 아주머니의 머리칼에는 옷 먼지가 새하얗다. 이현에게 선풍기를 돌려준 뒤 나무 스툴을 권했다. 어지러이 널린 옷감 때문에 바닥에는 마땅히 앉을 데가 없다.

"우리 란이 덕분에. 고맙네요. 여기까지 와 주고."

말을 마친 뒤 아주머니는 고개를 비스듬하게 기울이며 빙그레 웃었다.

"정말, 우리 란이 말이 맞았네. 학생 얼굴이 낯익어요."

"네? 저는 처음 뵙는데요."

아주머니는 가만가만 이현의 얼굴을 살폈다. 이현은 점차 얼굴이 붉어지는 느낌이 들었다. 열이 훅 올라와 뒷덜미가 후끈거렸다.

"어머? 귓불 빨개지는 것까지. 호호호, 당연히 처음 보죠. 아이고 초면에 내가 이런 실례를…… 미안해요."

이현은 스툴에 앉아 거실을 둘러보았다. 옆 마당 쪽으로 통창이 나 있어서 뒤꼍으로 가는 오솔길과 계곡의 푸른 숲이 훤히 보였다. 창문 아래 작업대에도 옷감이 수북했다.

란은 아주머니의 딸이다. 지금 외국에 살고 있으며 자신을 대신해 어머니 댁을 방문해 달라는 의뢰를 했다. 분명 몸이 불편한 아버지가 계실 거라고 했는데, 보이지 않았다. 얼마나 불편한 것일까. 함께 찍은 사진까지 올려 주며 의뢰를 거절하지 말라고 당부

했다. 한 장의 사진이었지만 사진을 찍는 그 찰나의 순간을 통해서 많은 것이 읽혔다. 따사로움이 있었고 정겨움이 묻어났다. 활짝 핀 달리아 꽃 옆에서 그보다 더 환하게 웃으며 찍은 가족사진이었다. 란은 무릎에 담요를 덮고 휠체어에 앉은 아버지 곁에 서 있는 자신을 대신할 누군가가 꼭 필요하다고 했다.

상점을 무보수로 돌리며 계좌를 폐쇄하기 전, 비용은 이미 입금되었다. 온조는 거절하는 편지를 보내며 환불해 줄 계좌번호를 요구했으나 숲속의 비단 란은 말을 자르며 당부에 당부를 거듭했다. 다른 곳에 부탁할 수도 있었지만 운영 방침을 보고 마음이 놓였으며 무엇보다 멀리 있는 자신을 대신할 또래가 필요하다고 했다. 그리고 아버지에게 가장 빛나던 순간을 되돌아볼 계기를 마련해 주고 싶다고 했다.

숲속의 비단: 엄마는 여름이 되면 무척 바쁩니다. 여름에 입는 인견 옷을 만들어요. 인견은 비단의 한 종류예요. 비단은 보통 누에고치로 만드는데 인견은 사람 손이나 기계를 거친 명주실을 말한답니다. 차가운 옷감이에요. 입으면 서늘한 느낌을 주어 여름에 입어도 살갗에 달라붙지 않고 바람이 잘 통해서 여름옷으로 제격이지요. 그래서 여름이 돌아오면 엄마는 밤낮으로 재봉틀과 한 몸이 되어 살게 됩니다. 그건 제가 오랫동안 보아온 익숙한 풍경입니다.

처음엔 솜씨 좋은 어머니가 동네 어른들께 무더움만 면할 수 있도록 걸칠 수 있는 조끼와 잠방이를 만들어서 주는 일로 시작하게 되었습니다. 놀고 있는 재봉틀이 있었고 여름만 되면 동네 할머니들이 인견 옷을 구하기가 어렵다고 하여 천을 떠다가 옷을 짓기 시작했지요. 그때만 해도 어머니의 평생 일이 될 줄은 몰랐습니다.

아버지는 나무를 좋아하고 꽃을 좋아하여 집 안팎을 정원으로 꾸미고 싶어 지금의 집을 지었습니다. 마당 있는 집에서 뛰어노는 저를 그리며 지었지만 정작 저는 그 집에서 몇 년 살지 못했습니다. 지금도 너무 그리워요. 어느 날 아버지가 마당에서 쓰러졌어요. 원인도 알 수 없고 병명도 모르는 마비 증세가 급속도로 진행됐어요. 물 한 잔 들 수 없을 정도로 아버지의 상태는 나빠졌습니다. 생활은 어머니 몫이 되었고 어머니는 옷 짓는 일을 본격적으로 하게 되었지요. 아버지 수발과 옷 짓는 일로도 어머니 손은 늘 벅찼어요. 그 사실을 알고 미국에 있는 이모가 저를 맡기로 했지요. 그게 벌써 육 년 전 일입니다.

저간의 사정을 알고 그동안 옷을 얻어 입은 동네분들이 일감을 물어 오기 시작하고 옷 만드는 솜씨가 소문난 어머니는 여름만 되면 손을 쉴 수 없었지요. 주문이 밀릴 정도였어요. 더 이상 주문을 받을 수가 없다고 하자 내년 여름을 기약하는 분들도 있었으니까요. 어머니는 여전히 재봉틀과 벗하며 여름을 나고 있을 겁니다.

가을이 되면 어머니 집 앞에는 항상 먹을 것이 쌓였고 누가 가져다 놓은 것인지도 모를 곡식이, 마을로 이어지는 고샅에 수북했습니다. 그렇지만 어머니는 누가 갖다 놓은 것인지 다 알고 있는 것 같았습니다. 후에 저에게 심부름 시킬 때 보면 정확히 어떤 집의 바구니인지 알고 답례로 옷을 담아 보냈으니까요. 어머니가 돈을 받지 않고 옷을 지어 준 덕분이었어요. 동화 같은 얘기라고 믿지 않을 수도 있습니다만 세상에는 아직도 동화처럼 사는 사람들이 만들어 내는 이야기가 있답니다. 그곳이 너무나 그리워요. 가고 싶지만 올여름엔 갈 수 없게 되었어요. 어머니, 아버지께는 말씀드리지 않았지만 다쳐서 한동안 알바를 할 수 없어서 항공료를 마련하지 못했습니다. 여름이 지날 동안 어머니는 아버지를 돌볼 여력이 없습니다. 아버지에게 책을 읽어 주거나 얘기를 들려줄 수 있는 시간이 턱없이 부족하지요. 제 대신 여름 동안 왔던 요양사가 늦은 휴가를 간다고 하기에 급히 찾던 중 시간을 파는 상점을 발견하게 되었어요. 어머니 일이 조금 수그러들 동안만 부탁드립니다.

"오늘 란이 친구가 온다니까 우리 집 양반, 기분이 좋은지 아침부터 샤워를 해 달라, 방 안에 향수 좀 뿌려 달라 야단이었어요. 얼른 왔으면 좋겠다고, 그 친구와 얘기하고 싶다고. 저 양반이 누워만 있으니 궁금한 게 많아요. 낯선 사람이라면 질색팔색을 하는 양반인데."

아저씨의 상태가 어느 정도일지 가늠이 안 돼 이현은 내심 불안했다. 책 읽어 주는 일이라고 했는데, 이야기를 나눈다면 어떤 걸 말하는 걸까. 이현은 잔뜩 긴장한 목소리였지만 침착하게 대답했다.

"아, 네. 책 읽어 드리는 거라고 들었는데요."

"그냥, 편하게 얘기 나눠 주면 돼요. 저 양반이 얘기하는 걸 좋아하는 편이라 괜찮을 거예요. 방금 전에 샤워를 하긴 했는데……누워만 있으니 냄새가 날 수도 있어요."

두려운 마음이 앞섰다. 커튼 같은 꽃무늬 옷감을 젖히자 유리로 된 내실 문이 보였다. 빛이 조금씩 새어 들긴 했지만 방 안은 전체적으로 어둑했다. 침대 주변에는 책이 쌓여 있고 발치 벽면 전체에 책장이 있다. 거기에도 책이 빼곡하다 못해 넘쳐 나 이중삼중으로 쌓여 있다. 이 집 정원에 넘쳐 나던 화초와 풀을 보는 듯했다.

"누워만 있으니 눈이 부신지 실내가 밝은 게 싫다고 하시네. 어두워도 좀 이해해요."

아주머니가 침대 가장자리를 다독이며 말했다.

"불을 켜요."

어둠을 가르는 목소리다. 오랜 시간 잠겨 있었는지 탁하게 갈라졌다. 아저씨는 고개를 돌려 이현을 올려다보았다. 눈빛이 반짝거렸다. 푸른 물이 들어차 있는 것처럼 보였다. 투명하면서도 맑은, 그러면서도 도무지 바닥이 짚이지 않는 깊은 물속 같았다.

아주머니가 불을 켜고 반쯤 닫혀 있던 커튼을 젖혔다. 푸른 하늘이 보였다. 하얀 구름도 흘렀다. 막막한 바다 한가운데를 보는 듯한 느낌이 들었다. 아저씨는 저 쪽창으로 바다를 그리며 누워 있었는지도 모른다. 하늘을 닮은 바다를 그리며 바라봤는지도 모른다.

"오늘은 밝은 게 좋으신가 보네."

아주머니는 커튼에서 손을 떼지 않은 채 아저씨 얼굴을 살폈다. 싫어하는 것 같으면 다시 닫으려는 눈치였다. 아저씨는 아주머니의 세심한 살핌이 오히려 성가시다는 듯 곧바로 이현에게 말을 건넸다.

"반갑네."

저 깊은 곳에서 간신히 끌어 올리듯 힘겹게 들렸다. 한참 동안 말을 안 했는지 여러 번 목을 가다듬었다.

"안녕하세요?"

"고맙네, 예까지 와 주고."

아주머니는 침대와 높이가 같은, 탁자 쪽으로 의자를 끌어다 놓으며 이현에게 앉으라고 했다. 물방울이 송골송골 맺힌 주스 한 잔과 아저씨 머리맡에 있던 빨대컵도 그 옆에 놓았다.

"우리 집 강아지들 봤는가?"

아주머니가 나가길 기다렸는지 내실 문이 닫히자 아저씨가 말했다.

"네? 아, 네. 마당에서 봤습니다."

"많이 컸지? 바둑이는 올봄에 새로 온 식구야."

식구라는 말이 생경스러우면서도 울컥하게 했다. 안으로 들여 놓고 키워도 될 텐데. 저렇게 누워만 있는 분에게는 더없이 좋을 것 같다는 생각이 들었다. 아저씨와 얘기를 나누는 동안 재봉틀 소리가 간헐적으로 났고 그 소리는 어느새 어떤 규칙을 가지고 연이어 들리기 시작했다. 거실 바닥에 수북했던 옷감이 떠올랐다.

"방에 들이면 저놈들이 집사람 일을 너무 방해해. 옷감에 개털이 묻어도 안 되고, 냄새가 나서도 안 되니까. 행여 옷감을 물어뜯기라도 하면 낭패지. 그러니 최대한 내가 참아야 해. 후후."

아저씨는 예전 일을 회상하듯 시선을 멀리 둔 채 말을 이었다.

아, 그랬구나. 아저씨는 이현의 생각을 다 아는 눈치였다. 사람의 속마음을 꿰뚫는다고 해야 하나. 푸른 물이 뚝뚝 떨어질 것 같은 저 눈빛 앞에서는, 누구든 마음이 다 읽힐 것 같았다.

"해바라기는?"

"네, 봤습니다. 대문 같았어요. 대낮에 켜 있는 가로등 같기도 하고요."

"오호호, 그래? 내가 연출한 대로 잘됐구먼, 그렇게 보였다니. 그게 말이야, 밤에는 고개를 푹 숙이고 있다가 해가 뜨면 서서히 고개를 들어, 그러다가 동쪽에서 서쪽으로 고개가 돌아가. 하하하. 나보다 나아."

"아, 정말요? 신기한데요."

"아마 나보다 이 마을에서 일어나는 일을 더 많이 볼걸. 우리 집이 이 동네서 좀 지대가 있으니 해바라기 정도면 마을이 다 보이거든."

마을의 맨 끝, 막다른 데까지 오던 길이 생각났다.

"다음 생에는 말이야. 나무로 태어났음 좋겠어."

"아…… 나무로요?"

다음 생? 다음 생이 있기는 한 걸까. 나무도 움직이지 못하는데, 한번 붙박인 자리에 오백 년이고 천 년이고 견뎌야 하는 것이 나무의 숙명일 텐데.

"움직이진 못해도 키는 쑥쑥 클 수 있잖은가. 사계절 완벽하게 다른 모습일 수 있고 말이야. 자넨, 뭐가 되고 싶은가?"

이현은 잠시 생각해 보았다. 다시 태어난다면? 퍼뜩 떠오르는 게 없었다.

"나무 뭐 그런 거 중에서요? 생각을 안 해 봐서요."

이현은 뒷덜미를 만지며 대답했다.

"하하하, 아니 장차 뭐가 되고 싶은 거냐고?"

"아, 네. 아직요. 잘 모르겠어요."

"모르는 게 당연하지. 얼마든지 바뀔 수도 있고. 대신 곰곰이 자신을 들여다보는 걸 놓지만 않으면 돼. 너무 생각이 경직되지만 않으면 되는데. 난 그걸 뒤늦게 생각했지. 이미 몸이 병든 뒤인 것도 모르고."

경직되지만 않으면……. 다그치지 않는 말은 이제껏 처음이다. 이과냐 문과냐부터 그동안 선택하고 정해야 하는 게 수도 없었다. 뭔지도 모른 채 떠밀리다시피 닥치는 대로 집어삼킨 것 같은 소화불량 상태인 것 같았다. 생각할 시간도 없었고 들여다보라는 말도 듣지 못했다. 잔뜩 겁을 주는 말만 들었다. 조금만 성적이 떨어져도 인생이 망한 거처럼, 조금만 딴생각을 해도 인생이 끝장난 거처럼 온갖 협박이 난무하는 사각 통 속에 갇혀 있는 듯했다. 그 말들은 벽에 부딪혀 끊임없이 같은 말을 재생산했고 시간이 지날수록 말의 힘은 더욱 거세졌다. 받아들이지도, 그렇다고 저항하지도 못한 채 간신히 숨만 쉬며 그 말들에 가격당하고 있는 기분이었다. 태엽이 감긴 자동인형처럼 같은 행동의 반복과 상처. 늘 언짢고 기분 나빴다. 왜 기분 나쁜지도 모른 채, 누구에게도 이해받지 못한 채. 주체적으로 사는 게 인간의 타고난 욕구라는 말을 들었을 때 그동안 왜 그런 기분이었는지 알 것 같았다. 부대끼는 지점이 무엇인지, 왜 그렇게 불쑥불쑥 화가 치미는지 알게 되었다. 그거였다. 주체성을 침해당할 때, 믿어주지 않고 자꾸만 누군가 개입하려 할 때 언짢고 불쾌하다는 것을 알았다. 어쩌면 이현이 시간을 파는 상점에 적극적으로 개입한 것은 자신이 생각한대로 살고 싶어서인지도 모르겠다. 생각을 궁리하고 실천해 보는 무대. 이현에게 시간을 파는 상점은 현재 '나'로서 살아가는 기회를 준 유일한 공간일지도 모른다. 누가 시켜서가 아니라 순전히 자발성으로 움직이는 것. 온전한 '나'가 된 것 같은 느낌을 주는 것. 그게 시간을 파는 상점의 매력이라는 생각이 들었다. 온조가 시간을 파는 상점을 통해 끝내 가져가고 싶은 것은 독자성 아닐까. 자유로움 말이다.

"오랫동안 누워 있다 보니 나무가 되고 싶다는 생각이 요즘에야 들어."

시큼하면서도 약 냄새 같은 것이 공기 중에 떠다녔다. 아저씨는 창 너머 하늘을 보다 눈이 부신지 미간을 찡그렸다.

"팔다리가 완전히 굳기 전까지만 해도 내가 좀 못되게 굴었지. 다 잃고서야 알게 되는 게 있어. 더 굳기 전에 끝내야 한다는 생각에 음식을 거부하기도, 극단적인 선택도 했으니까. 저 사람 때문에 끝낼 수 없었어. 그렇게 지쳐 가다가 잠든 저 사람 얼굴 위에 베개를 얹으려고도 했으니까. 그래야 나도 끝날 수 있을 테니까. 그러지 않고는 저 사람이 나를 놓아주지 않을 테니까."

책을 읽어 주는 게 훨씬 쉬울 것 같았다. 아저씨의 말이 어디서부터 시작되어 어디로 갈지 걷잡을 수 없었다. 대답을 어떻게 해야 할지 난감했다. 뭐라고 대답할 수도 없고, 그렇다고 가만히 있자니 마음이 불편했다. 앉아 있는 것이 버거워지기 시작했다. 어깨와 등이 한없이 무거워지더니 아파 왔다.

"이제 곧 말도 할 수 없는 상태가 될 거야. 난 알아. 조금씩 느껴져. 너무 오래 견뎠어. 곧 갈 줄 알았는데."

이현은 감히 생각할 수도 없는 상황이었다. 몸을 움직일 수 없는 상황을 그려 본 적이 없다.

"사지의 힘이 빠지면 빠질수록 뇌는 얼마나 활발하게 돌아가는지 아나? 걷잡을 수 없어. 생각이 많아서 머리를 떼어 내고 싶을 정도야. 이 생은 형벌이야. 젊을 때 일에 미쳐 스트레스로 몸이 망가지고 더 이상 버티지 못해 백기를 들 때까지 알아채지 못했어. 그래서 도망치듯 이곳에 터를 잡은 건데, 이곳의 생활이 나에게는 가장 아름답고 행복한 순간이었는데, 그때 또 모든 것을 앗아 갔어. 우리 란이도 볼 수 없는 곳으로 떠나게 한 건 바로 나야. 이젠 글렀어."

해가 지붕 너머로 기울었는지 눈부심이 덜했다. 아저씨는 창밖 푸른 하늘에 시선을 고정한 채 말했다. 바람 따라 유유히 흘러가는 구름이 보였고 간간이 고추잠자리가 방충망에 앉았다가 사라지곤 했다. 아무것도, 심지어 바람 한 점도 멈춘 적이 없는 거처럼 보였다. 모든 것이 움직였다. 구름이 아주 빠른 속도로 움직이는 게 보였다. 바람에 등 떠밀린 구름 뒤로 잇달아 다른 모양의 구름이 나타나 지구의 움직임이 보이는 것 같았다.

"한때는 모든 게 부러웠어. 창문 너머 불어오는 바람도, 때만 되면 나타나는 잠자리도, 우리 집 개들도 심지어 해바라기도. 내 얼굴 위로 기어 다니는 파리도 개미도. 다 부러웠어."

그러고 보니 아저씨 침대 눈높이에서 해바라기가 보였다. 하늘을 향해 뻗어 올린 해바라기의 목이 한껏 늘씬했다.

"지금은 그렇지 않아."

아저씨 눈꼬리에 물기가 어렸다. 눈물일까. 한참 동안 말을 잇지 못하고 입술을 달싹였다.

"물을 드릴까요?"

아저씨 곁에 가만히 있는 것도 힘이 들었다. 팔다리에 힘이 빠져나가듯 무력해지는 것 같았다.

이현은 빨대컵을 들어 보이며 물었다. 물을 먹지 않았는지 아니면 떠다 놓은 지 얼마 되지 않았는지 기포를 머금은 채 가득 차 있다. 이현은 빨대컵을 아저씨 입에 댔다.

꿀꺽, 하고 물 넘기는 소리가 동굴 속처럼 방 안을 울렸다. 무척이나 힘겨워 보였다. 침묵 사이로 재봉틀의 기계음이 들렸다.

"부탁이 있어."

무슨 부탁을 하려는 걸까. 긴장되었다.

"마당 봤는가?"

"네, 마당에 나무도 많고요, 꽃도요. 고양이 두 마리와 강아지 세 마리도요."

이상하게 말을 많이 해야 할 것 같았다. 그래서 아저씨의 생각을 다른 곳으로 돌려야 할 것 같았다.

"늦여름이니까 배롱나무에도 꽃이 피었을 테고. 우리 집 마당은 지금이 가장 좋을 때야. 계곡 쪽은 아마 단풍나무가 우거져서 거의 보이지 않을 거야."

스케치 위에 너무 많은 색을 덧칠해 넘쳐 난다고 해야 할까. 마당은 제멋대로 자라난 나무와 풀이 엉켜 헝클어진 머리칼 같았다. 가위손아저씨가 있다면 단박에 정리될 것 같았다. 아마 한시도 이 집

마당을 두고 볼 수 없을 것이다. 하늘을 찌를 듯이 꼬아 올라간 사이프러스와 향나무, 파랗다 못해 시커멓게 녹색이 깊은 주목을 본다면 보자마자 산뜻하게 잘라 주겠다고 할 것이다. 만약에, 이번 일이 잘된다면 가위손을 모시고 오는 것도 좋겠다는 생각이 들었다.

"요즘 꽃이 많이 필 때지. 난 여름을 좋아해. 식물의 무성한 생명력이 좋아. 지금이 가장 정점에 다다를 때지."

아저씨의 눈 속에 무성한 이파리가 바람에 날렸다. 아저씨는 마치 나무 아래서 올려다보는 거처럼 허공을 향해 입을 벌린 채 웃고 있다.

아저씨 얼굴이 갑자기 환해졌다. 온갖 근육을 쓰며 말하느라 좀 힘겨워 보였지만 얼굴의 표정은 누구보다 풍성했다. 아저씨가 쓸 수 있는 건 오로지 얼굴근육뿐이다. 신경 중 유일하게 남아 있는 곳이라고 했다.

마당을 가꾸는 아저씨를 떠올려 보았다. 잘 어울렸다. 아저씨 주위에서는 여러 마리의 개와 고양이가 뛰놀고, 쓰고 있는 밀짚모자에는 잠자리가 앉았다 날아가고, 수건을 두른 목덜미에는 땀이 흐르고 연못에는 시원한 물이 가득 해도 계곡의 새 물이 들어와 고여 있는 물을 밀어 내고, 물 흐르는 소리가 아우성치고. 그야말로 아저씨가 좋아하는 생명의 잔치마당이 될 것 같았다.

"지금은 마당이 엉망일 거야."

아저씨의 눈빛에서 나무도 사라지고 마당도 사라지고 바람도 사라졌다.

"내가 살아 있는 거라고 생각해?"

웃음기 가신 얼굴로 아저씨가 물었다. 허공에 시선을 둔 채였다.

"네?"

갑작스러운 물음에 이현은 무슨 말이냐고 되묻고 싶었다.

"솔직히 말해 봐. 살아 있는 거처럼 보이냐고."

"네, 그럼요."

심장이 걷잡을 수 없이 뛰었다. 더럭 겁이 나기도 했다.

"됐어. 난, 그냥 살아 있을 뿐이야. 살아가는 게 아니라."

살아 있는 것과 살아가는 것의 차이는 무엇일까.

무슨 말씀을 하려는 건지 도무지 짐작이 가지 않았다. 무슨 부탁을 하려고 저렇게 에둘러 말하는 것일까.

재봉틀 소리가 한참 동안 멈췄다가 다시 시작되었다. 재봉틀 소리와 재봉틀 소리 사이는 마름질을 하거나 가위로 천을 자르는 시간으로 채워지는 것일까. 아니면 옷감에 따라 다른 색깔의 실 꾸러미를 찾아 실을 꿰는 시간인 걸까. 아니면 간간히 재봉틀에 기름을 치느라 멈추는 걸까.

"저 재봉틀 소리가 내 머릿속을 온통 긁어. 곱디고운 저 사람을 갉아먹는 것 같아 그게 미안해."

재봉틀 소리는 더욱 크게 들리는 것 같았다. 집요하게 한 치의 짬도 없이 아주머니의 동선대로 반복되는 소리 같았다.

"내가 끝내야 해. 저 사람은 절대 못 해."

끝낸다는 건 무슨 말이며 뭘 못 한다는 건지. 4분의 4박자로 정교하게 반복되는 재봉틀 소리, 저 반복의 소리가 끝난다면 아주머니의 삶에 이상이 생긴다는 것 아닐까.

이현은 겁이 났다. 아저씨가 도대체 뭘 원하는지 알 수가 없어서 상상은 더욱 극단으로 치달았다. 빨리 벗어나고 싶었다.

"부탁이 있어. 내 비밀 하나 들어주려나?"

아저씨는 아주 조심스럽게 이현의 눈치를 보며 말하는 것 같았다. 심장이 덜컥 내려앉았다.

"무슨 말씀이신지…… 저, 책을 읽어 드릴까요?"

솔직히 말해 아저씨 부탁도 비밀도 듣고 싶지 않았다.

"아니, 오늘은 책을 읽고 싶지 않아. 필요도 없는 걸 해서 뭐 해."

"그럼 무슨 부탁인지 들어보고 대답하면 안 될까요?"

이현은 차분하게 물었다.

"아니야, 그런 거래가 어딨나. 비밀로 부탁하는데 덜컥 얘기했다가 안 들어주면 나만 낭패지."

이현은 아저씨의 말이 끝나자 내실 문을 돌아보았다. 도움을 구하는 눈길로 바라보았지만 열릴 기미가 없다. 아저씨 말이 자꾸만 이상한 데로 흘렀다.

"겁먹지 말게. 내가 뭘 어쨌다고. 절대로 저 사람한테는 비밀이야. 오늘 나랑 나눈 얘기는 자네와 나의 비밀. 우리 란이한테도 비밀이야. 오늘 나온 얘기 중 그 비슷한 말이라도 저 사람이나 란이 입에서 나오면 난 그날부터 절대 밥을 먹지 않을 거야. 약도 먹지 않겠네."

아저씨 목소리는 단호했다. 처음 볼 때와는 다르게 목소리에 힘이 잔뜩 들어가 있다. 겁박을 하는 것 같기도 했다. 곤혹스러웠다. 어쩌라고.

"……."

"부탁을 들어준다면 말하겠네."

이현은 섣불리 대답할 수 없었다. 무슨 부탁인지도 모른 채 대답할 수는 없었다. 이현이 상상하는 그것이라면? 이현은 고개를 흔든 뒤, 시계를 보았다. 약속한 시간이 지났다.

"다음에 다시 오겠습니다. 그때는 책을 읽어 드리겠습니다."

"……."

아저씨는 눈을 감은 채 말이 없다. 아저씨 눈꼬리에는 아까보다 더 물기가 어렸다.

"내 시간은 어떻게 흐르는 것 같나?"

"하아—."

아저씨의 시간을 생각하자 가슴이 갑갑해 왔다. 이현은 자신도 모르게 한숨을 쉬고 말았다.

"죄송합니다."

이현은 죄인이 된 기분이 들었다. 두 다리로 걷는다는 게 무척이나 죄스러웠다.

"나무도 이렇지 않을까? 다음 생에 나무로 태어나면 잘할 것 같지 않겠어?"

"……."

"어른이 떼만 써서 미안하네."

재봉틀 소리가 멈추고 내실 문이 열렸다.

"무슨 얘기가 그리 많아요. 이제 보내 줘야죠. 너무 오래 있었네."

아주머니의 목소리가 구세주 같았다. 행여 눈치챌세라 표정을 추슬러야 했다. 아저씨와 약속을 지키려면 아무 일도 없었던 것처럼 이 방을 나서야 한다.

"지금 나가면 회차하여 나가는 막차가 바로 있어요. 수고했어요. 고맙고."

아주머니가 이현의 등을 토닥였다.

"학교에서 이런 봉사활동도 권하고. 우리 란이가 아주 고마워하더라고. 자, 이거."

아주머니는 작은 종이 가방을 이현 손에 들려 주었다.

"이게 뭔가요?"

"작년 여름에 만들어 놓은 거예요. 잠옷으로 입으면 좋을 거 같아서. 지금 학생 체형에 딱일 것 같아. 이상하게 옷은 임자가 따로 있어."

아주머니는 이현의 등을 떠밀었다. 세 마리의 개와 두 마리의 고양이가 달려왔다. 그새 눈에 익었는지 이현을 반겼다. 그림자가 길었다. 해바라기도 나무도 이현도 세 마리의 개와 두 마리의 고양이도 기형적으로 길게 늘어졌다. 곧 땅거미가 지겠다.

삽짝을 나설 즈음 재봉틀 소리가 다시 이어졌다. 끊어질 듯 끊어지지 않는 누군가의 숨처럼 반복적으로 이어졌다. 이 집에서는 오로지 그 소리만이 살아 있는 것 같았다.

모퉁이를 돌아 마을로 내려가는 길, 이현은 허방다리를 짚는 거처럼 허둥댔다.

의도적으로 상점에 의뢰한 건지도 모른다. 란이라는 사람의 정체가 궁금했다. 굳이 학교의 봉사활동이라고 둘러댄 데에는 이유가 있지 않을까?

서쪽 산마루가 붉다. 붉은 선 위로 푸른 밤이 내려올 준비를 하고 있다. 아저씨의 하루가 또 가는 거다. 나의 하루가 또 가는 것이고. 이현은 꼬리를 물고 이어지는 생각들 때문에 머릿속이 어지러웠다. 아저씨의 시간은 어떻게 흐르는 것일까.

왈칵, 토악질이 올라왔다. 이현은 풀섶에 위액이 끈적하게 흐르는 토사물을 뱉었다.

이현은 버스를 초조하게 기다렸다. 기다려도 오고 기다리지 않아도 오는 버스를.

질투의 늪

"봤어? 봤냐고?"

전화기에서는 난주의 목소리가 들렸다. 새벽부터 호들갑을 떨었다.

"뭐, 뭘, 뭘 또? 뭘 갖고 그래? 지금 시간이 몇 시인데."

온조가 잠이 덜 깬 목소리로 물었다.

"포털 메인 화면에 떴어, 우리가."

"뭐? 왜? 잠깐만."

온조는 전화기를 고쳐 잡으며 메인 화면으로 들어가 보았다. 낯익은 모습이 눈에 들어왔다. 심장이 후드득거리며 나댔다.

"돌탑 페북에 올린 사진이랑 같은 거지?"

전화기 속의 난주는 격한 목소리로 물었다.

온조는 자세히 살펴보았다. 우리 학교 교복에, 시위 행렬의 문구 등 페북에 올렸던 사진과 같았다.

"마, 맞는 거 같어."

심장이 두근댔다. 일이 걷잡을 수 없이 커질 모양이다. 우리가 했던 행동들이 포털 사이트에 뜨다니.

"대박, 초대박."

난주는 전화기 속에서 비명인지 감탄인지 모를 소리를 쏟았다. 온조의 뇌리 속에 많은 얼굴들이 지나갔다. 지킴이아저씨, 모닝똥, 교감 선생님, 담임샘, 불곰 샘, 엄마…….

이제 어떻게 해야 하지? 머릿속이 까맣게 로그아웃되는 느낌이 들었다.

"난주야, 일단 생각이라는 걸 좀 해 보자. 이제 어떻게 해야 할지."

"야, 쫄지 마. 잘된 거야. 어차피, 어제 기습 시위로 물은 엎질러진 거야. 다시 쓸어 담을 수는 없어. 앞으로 나가는 수밖에."

앞으로 나가는 수밖에, 시위에 나설 때도 되새겼던 말이지만 약발이 떨어진 거처럼 까맣게 잊은 말이었다. 난주의 말은 물러설 곳이 없다는 말처럼 들렸다.

"그렇지? 앞으로 나가는 수밖에 없는 거지?"

"오히려 천군만마가 생긴 건지도 몰라. 여론이라는 게 생기는 거잖아."

난주는 확신에 찬 어조로 말했다. 여론의 힘, 교내에서 시위로 이슈화하자는 것도 교내 여론 형성이 중요했기 때문이다.

"야, 너 오늘 강토 만나는 날 아니야?"

난주가 대뜸 강토 얘기를 꺼냈다.

"어? 어어."

"야, 백온조 정신 차려. 하나하나 우리의 할 일을 하면서 큰일도 하는 거다. 설마 너 강토 만나러 안 나가는 건 아니지?"

하필, 오늘 같은 날 이런 비상사태가 벌어지다니.

오늘은 강토를 만나는 날이다. 만나서 하고 싶은 얘기가 있다고 했다. 지난번 할아버지와의 식사 이후 처음 받은 쪽지였다. 강토와 연락이 끊긴 것 같아 그때 만남을 미뤘던 게 종종 후회되던 차였다. 거기다 한동안 난주의 눈치가 보였다. 난주는 이현과 온조의 관계를 계속 신경 쓰는 것 같았다. 난주에게 강토를 만나러 간다고 하자, 무척 놀라면서도 반가운 기색을 숨기지 않았다. 마음을 놓는 눈치였다. 난주는 온조의 마음이 강토에게 가 있는 것을 알면서도 경계의 빛을 숨기지 않았다.

생각이 복잡했다. 어렵고 힘든 일이 한꺼번에 몰린다는 생각이 들었다.

온조는 그냥 침대에 벌러덩 누워 버렸다. 가슴속에서 긴장감이 고이며 그것이 큰 파도가 되어 덮칠지도 모른다는 불안감이 엄습했다. 숨이 막힐 것 같은 순간에는 눈이 번쩍 떠지기도 했다. 그러다 비문증처럼 눈앞에 날벌레들이 떠다니는 환영이 보이고, 눈알

이 뻑뻑하게 아파 올 정도로 지친 끝에야 혼곤히 잠이 들었다. 뭔가 버겁다는 생각이 들면 잠으로 피하는 버릇 때문이다.

세상모르고 깊이 잠들었다. 창으로 비쳐 드는 햇볕과 고슬고슬한 아침 바람에 더없이 쾌적했다. 완전 잠 속으로 빠져들었다.

발등이 따가워 눈을 떴을 때 햇볕은 사정없이 쳐들어와 온조의 방 안을 모조리 점령한 상태였다.

"뭐야ㅡ. 엄마, 이러기야? 왜 안 깨워 주고 그래ㅡ."

안방을 향해 소리쳤지만 집 안은 너무나 고요했다. 머리채를 흔들며 정신을 차린 뒤 되짚어 보았다. 아, 토요일이다. 엄마가 일찌감치 방죽지킴이로 나서는 날이다. 엄마는 요즘, 두꺼비 산란지인 방죽이 개발되는 것을 막기 위해 바쁘다. 온조에게 토요일 오전만 시간을 빼 달라고 사정하는 것을 약속 있다고 하자, 깨우지도 않고 나가 버린 것이다. 이렇게 복수를 하다니. 엄마는 봉사 시간도 줄 수 있다고 꼬드겼으나, 온조는 생애 가장 중요한 약속이 있노라고 단번에 거절하였다.

몇 번이나 울렸을 알람 소리를 대체 어떻게 처치하고 잠만 잔 거야. 머리를 벽에 박고 싶을 정도로 야속했다.

허걱, 너무 늦었다. 온조는 빛과 같은 속도로 머리를 감고 옷을 챙겨 입었다. 이미 약속 시간은 늦었다. 피부도 신경 써야 하고 옷도 다려 입어야 하는데. 하필이면 오늘 같은 날. 온조는 집을 나서며 미친 듯이 언덕길을 뛰어 내려갔다.

온조는 강토의 얼굴을 모른다. 강토는 온조의 얼굴을 안다. 카페에 나타나면 강토가 알은체하기로 했다. 카페에 가까워질수록 입이 말랐다. 목젖이 쩍쩍 들러붙는 것처럼 긴장되었다. 이런 긴장은 처음이다. '유쾌한 긴장'이라고 해야 하나. 침이 넘어가지 않을 정도로 신경이 바짝 섰다.

가 버렸을 수도 있다. 약속 시간이 40분 정도 지났다. 얼마나 뛰었는지 땀투성이다. 만남이고 뭐고 되돌아가고 싶은 심정이다. 비도 아니고 땀에 전 모습을 보여 주고 싶지 않았다. 무더위는 여름 끝자락까지 집요하게 따라붙었다. 바람도 멈춰 선 듯 조용한 주말이다.

카페 앞이 한산했다. 음악 소리도 없다. 카페 안에 불이 들어와 있지 않았다.

"어, 뭐지?"

온조는 혼잣말을 하며 카페 안을 기웃댔다. 전면에 늦은 여름휴가를 간다는 안내장이 붙어 있다.

"헉, 하필이면 여름휴가라니."

온조는 허겁지겁 전화기를 꺼냈다. 전원이 나갔다. 다시 켜도 불이 들어오지 않았다. 배터리가 완전 나간 모양이다. 간밤에 충전을 하지 않은 탓이다. 기습 시위와 가위손아저씨, 상점에 대한 생각들로 어지럽다가 그만, 충전하는 것을 깜빡했다. 그래서 알람도 울리지 않았던 거다. 다른 가방을 들고 오는 바람에 보조배터리도 없다. 분명 강토에게서 문자가 와 있을 텐데. 하필이면 이럴 때라니, 만남을 방해하는 거처럼 모든 게 꼬였다. 모든 순간들이 약속이라도 한 거처럼, 착착 어긋났다. 온조는 카페 앞을 떠나지 못하고 서성거렸다.

장소를 바꿔서라도 기다리는 걸까? 아님 가 버린 걸까. 한참 동안 카페 밖에서 기다리다 가 버렸을 수도 있다. 늘 이렇게 엇갈려야 하는 것인가. 지난번에는 온조의 자발적 선택으로 만남을 미뤘지만 다시 연락이 온다면 꼭 만나고 싶었다. 할아버지의 안부도 궁금했고 아버지와는 잘 지내는지도 묻고 싶었다. 아니, 아니다. 그런 거 저런 거 다 핑계다. 그냥 강토가 몹시 궁금했다. 어떤 사람인지 보고 싶었다. 설레며 그렸던 그 이미지와 같을지, 걱정과 기대가 교차되는 긴장으로 만날 날을 기다렸다.

온조는 오던 길을 되돌아 터벅터벅 내려갔다. 맥이 빠졌다. 목덜미가 끈적끈적했다. 저만치 플라타너스 이파리가 툭툭 떨어졌다. 단풍이 든 것도 아닌데 초록색 이파리가 툭툭. 온조의 실망스러운 마음을 대변하는 거처럼 보였다.

늦잠을 자는 바람에 망한 거다. 빨리 버스라도 타야 땀을 식힐 수 있을 것 같았다. 이대로 집으로 가고 싶지 않았지만 전화부터 살려야 한다는 생각이 들었다. 그래야 어떻게 된 건지 알 수 있을 것 같았다. 마음이 울적해졌다. 이대로 만남이 끝나는 것은 아닌지 조바심이 나기도 했다.

집으로 돌아와 충전기를 꽂고 전화기를 켰다. 강토의 문자가 들어와 있다.

카페 문이 닫힘.
일행이 있어서 오래 기다릴 수가 없어 자리를 옮김.
늦더라도 청소년 광장 맞은편 카페로 오길.

일행이 있다고? 누구? 무슨 일행? 지금이라도 광장으로 가 볼까? 이미 시간이 많이 지나기도 했지만 일행이라는 말에 나가고 싶은 마음이 절반으로 줄어 버렸다. 어쩌면 온조가 생각하는 강토에 대한 마음과 강토가 생각하는 온조에 대한 마음이 다를지도 모른다는 생각이 들었다. 처음으로 그런 생각이 들었다. 그 생각은 이제껏 온조가 강토를 생각하며 누렸던 '유쾌한 긴장'을 순식간에 앗아 갔다. 아무 매력도 궁금증도 없는 무미의 세계로 데려간 듯했다.

한참 동안 멍 때리며 앉아 있었다. 온몸의 긴장이 풀려 녹아내리듯 누웠다. 거실 바닥에서 올라오는 냉기로 열을 식혔다. 열기가 몸에서 빠져나가길 기다렸다. 누워 있지만 머릿속은 허공을 헤매는 거처럼 어수선했다. 구름 위에 둥둥 떠 있는 느낌이 들어 도무지 마음이 가라앉지 않았다. 마음은 청소년 광장으로 향했지만 몸은 꼼짝할 수 없을 정도로 무거웠다. 일행이 있다는 말 때문일까, 아니면 온조 자신만의 일방적인 감정이라는 생각이 들어서일까.

아마 그게 가장 두려운 것일지도 모르겠다. 뭔가 명확하게 확인하는 것이 두려울 때, 회피하고 싶은 것처럼 몸에 무기력증이 찾아온 것 같았다. 잔뜩 기대하며 긴장했다가 김이 빠져 꼼짝도 하기 싫은 상태가 된 것 같았다.

어디냐고 묻는 난주의 카톡이 왔다. 난주는 벌써부터 궁금해 죽을 지경이다.

현관문을 열자 난주는 신발도 벗지 않고 물었다.

"만났어? 만났어? 왕, 드뎌 응응응?"

난주는 숨넘어가게 다그쳤다. 온조의 옆구리를 연거푸 찌르며 졸라 댔다.

"근데, 너무 일찍 들어온 거 아니니?"

촉이 또 발동되는 모양이다. 온조는 난주의 저 집요함에 기가 질린다.

"……"

"웅? 어땠어? 어때?"

"숨 좀 쉬자, 좀."

온조는 난주를 밀어내며 말했다. 한숨 돌리는 척하며 얘기를 어떻게 해야 하나 궁리했다. 잘못했다간 놀림감이 될 수도 있고, 주책없이 이현 앞에서 떠들면 그건 또 무슨 망신인가 싶어서이다. 강토를 생각하면 이현이 자동으로 필터링 되듯 달려 나왔다.

"좀 씻고 나올게. 완전 땀범벅이야."

"뭘 하다 왔길래?"

난주는 개구지게 웃으며 온조의 등을 욕실로 떠밀었다.

"그러셔, 그러셔. 어여 씻고 나오셔. 내 얼마든지 기다려 주지. 호호호."

아주 혼자 재미있어 죽는다. 저 홍난주의 끊임없는 호기심의 오 버를 어찌하랴.

만나지 못했다는 말에 난주는 바람 빠진 풍선처럼 김새는 표정 이었다.

"온조, 네가 잘못했네. 일단 늦었잖아. 카페 문 닫은 건 그다음이 고."

"알아, 안다고, 그렇게 정리 안 해도 알아."

"어쭈, 짜증 난다 이거지? 너도 그럴 때가 다 있냐? 어떤 때는 애 인지 어른인지 구분이 안 갈 정도여서 징그러운데."

일행이 있었다는 말은 뺐다. 그 말까지 보탰다가는 난주의 상상 이 어디로 튈지 알 수가 없다.

강토에게 답 문자를 보내지 않았다. 일행이라는 말이 머릿속을 복잡하게 만들었다. 만나서 할 얘기가 있다고는 했다. 무슨 말일 까. 온조가 기대했던 말이 아니라는 걸, 일행이라는 말 속에서 알 수 있다.

"그것도 못 기다려 주나, 해서 실망?"

여전히 멍한 온조에게 난주가 슬슬 말을 걸었다.

"아니거든. 좀 조용히 해라."

"뭔가 있긴 있는 거 같은데. 다른 사람 눈은 속여도 내 눈은 못 속여. 내가 너를 본 지 어언 십 년이다."

유치원 때부터였으니, 정말 오래된 인연이다. 너무 잘 알아서 징 그러울 지경이다.

온조는 냉장고에서 아이스바를 꺼내 난주의 입에 재갈 물리듯 쑤셔 넣었다.

"빨리 답 문자 보내, 못 간다고. 지금도 기다릴지 모르잖아. 너 지금 되게 예의 없는 거 알아?"

"응, 알았어. 조금 이따가."

난주 앞에서 허겁지겁 형식적으로 답하듯 문자를 보내고 싶지 않았다. 문자를 받고 보내는 것도 나만의 시간, 나만의 공간에서 하고 싶었다. 문자 보낼 때의 콩닥거림을 난주가 눈치채게 두는 것도 싫다. 말로 할 수 없는 어떤 것이 묻어가는 것도 원치 않지만, 문자로 할 수 없는 어떤 것이 잘 묻어가게 하는 일도 무척 중요했다.

"기사 댓글 봤지? 장난 아니더라."

"왜? 뭐래? 못 봤지. 오늘 새벽 네가 전화했을 때부터 지금까지 정신이 하나도 없다."

"그래, 무슨 정신이 있었겠니? 나 같아도 그랬겠다."

누구보다 난주가 온조의 마음을 잘 알 것이다. 그동안 강토를 향한 온조의 마음을 제일 많이 얘기해 줬으니까.

"댓글 장난 아니야."

난주가 전화기를 손에 잡고 댓글을 읽었다.

— 대견한 아이들이다. 자랑스럽다.

— 어른들이 부끄럽다.

— 헐, 우리 학교잖아. 대박.

— 용감한 거야, 무모한 거야.

— 인생 선배로서 이런 세상을 보여 준다는 게 무척 미안하다.

— 제발 상식적인 나라가 됐으면 좋겠어요. 돈 앞에 우리가 언제까지 이렇게 부끄러워야 하나요.

— 해고 철회에 힘을 보탭니다.

— 공부나 해라. 공부는 잘하냐?

"후후, 솔직히 이 말에는 좀 찔리긴 하더라."

난주는 아이스바를 한입에 훑듯 먹은 뒤, 빈 스틱을 빨며 말했다.

학교에서 어떻게 나올지 알 수 없다. 뭐가 됐든 반응이 있을 것이다.

"일단 월요일 아침에도 시위를 하기로 했으니 해야지."

"후우, 그래, 뭔가 끝은 있겠지. 결과야 알 수 없지만."

난주가 말을 마치면서도 크게 숨을 뱉었다.

"혜지 말이야. 상점의 운영 멤버는 하겠다는 얘기지?"

"그렇지, 안 하겠단 얘기는 안 했으니."

"그런데 어쩜 그러니? 난 아린이의 말을 믿고 싶진 않은데 자꾸만 아린이의 말이 맞는 게 아닌가 싶기도 하고 그래."

"아린이? 고아린?"

"응, 요새 아린이도 죽고 싶다고 난리야. 모의고사에서 전국 7등이 나왔으니 학교 내신은 전교 1등이 나와야 된다는 주변의 기대와 압박."

"혜지도 집에서 이만저만 아니게 당한 모양이야. 아린이에게 밀렸다고."

온조가 심각하게 말했다. 난주는 갑자기 온조의 겨드랑이를 간질였다. 온조는 깔깔거리며 불 위에 올린 오징어 꼬부라들 듯 몸을 한껏 움츠렸다. 난주는 온조의 몸에서 향긋한 냄새가 나자 킁킁거렸다. 샤워를 마치고 나온 뒤라 샴푸 냄새와 물비누 냄새가 물씬 풍겼다.

"온조야, 우리 계속 이렇게 갈 수 있는 거지?"

"뭔 소리?"

난주는 온조를 지긋한 눈으로 바라보았다.

"왜 이러셔? 징그럽게."

온조는 난주를 세차게 밀어냈다. 난주는 풀썩 나가떨어지는 척하며 말했다.

"친구였던 사람이 적이 되는 게 제일 쓸쓸한 일 아니겠니?"

난주는 씁쓸한 표정으로 말했다.

"오혜지랑 고아린은 중학교 때 단짝이었잖아."

난주가 얼굴에 웃음기를 거두며 말했다.

"그 둘이 성적 때문에 서로 아는 척도 안 하잖아. 주변에서 그렇게 만든 것 아니겠어? 집에서는 말할 것도 없고 학교에서도 그 둘의 경쟁을 은근 부추기고……. 경쟁 속에서는 친구도 사치라는 거지. 에궁, 그렇게 살아서 뭐 하냐? 난 공부를 못해서가 아니라 그렇게 살고 싶지 않아서 공부를 안 하는 거다, 으하하하."

온조가 머리를 빗다가 난주를 빤히 바라보며 함께 웃었다.

아린이한테는 항상 이상한 루머가 떠돌았다. 믿을 수도 없고, 믿고 싶지도 않은. 그렇다고 본인에게 확인할 수조차 없는 황당무계한 소문이 파다했다. 그 루머를 혜지가 퍼트렸다는 이야기는 혜지를 재수 없고 이상한 아이로 만드는 데 충분했다. 소문 때문에 둘 사이는 자연스럽게 멀어졌고 지금은 서로 투명인간 취급을 한다. 그 때문에 혜지는 왕따 아닌 왕따였다. 간신히 온조에게 손을 내밀었는데 새벽5시의 의뢰 건에 합세하지 않은 거로 그마저도 쉽지 않게 된 것이다.

외톨이였던 혜지에게 친구가 생겼다는 걸 고아린도 알고 있다. 난주가 혜지를 못마땅하게 생각한 건 고아린 때문이었다. 고아린은 그나마 난주와는 알고 지내는 터였고 혜지가 고아린에 대한 루머를 퍼트린 근원지라는 것을 알고 난주는 펄쩍 뛰기도 했다. 이래저래 재수 없고 싸가지 없는 짓은 다 했다며 대놓고 싫어하는 내색을 했다. 그런 사실을 전하며 온조에게 뭘 믿고 시간을 파는 상점에 혜지를 끌어들이냐고 했다.

혜지가 퍼트렸다는 말도 누군가 만들어 낸 루머일 수 있다고 온조가 일축했다. 혜지의 성정으로 봐서는 도무지 상상이 되지 않았다. 혜지는 고아린도 누구도 관심이 없다. 자발적 왕따로 한 개의 섬처럼 고립을 자처하는 아이였다. 그런 아이가 누군가를 흠집 내기 위해 루머를 만들어 퍼트린다는 것은 아무리 생각해도 앞뒤가 맞지 않았다. 온조는 혜지가 시간을 파는 상점에 친구가 되어 달라고 했을 때, 그 절박함을 보았다. 자신의 진정성을 기만하면서까지 신뢰를 깨트리는 짓 따위는 하지 않을 것이라는 것이 혜지에 대한 온조의 생각이었다.

지난번 팥빙수 모임을 끝내고 카페를 나서다가 고아린과 마주쳤다. 고아린은 난주와 혜지, 이현, 온조가 한자리에 있는 것을 보자 기분 나쁜 내색을 숨기지 않았다. 얼굴빛이 순식간에 달라졌다. 이들의 관계가 어떻게 이어졌지? 하는 얼굴로 한동안 벙찐 표정이었다. 제일 먼저 혜지가 고개를 돌렸고, 온조와 이현은 묘한 분위기에 눌려 이러지도 저러지도 못한 채 주춤거렸다. 난주가 다가가 고아린에게 알은체했다. 그때 고아린의 얼굴은 모든 것을 잃은 표정이었다. 고아린과 혜지는 서로 외면하며 못 본 척하려고 애썼다. 의식하지 않으려고 애쓰면 애쓸수록 그 존재는 지구 전체를 꽉 채

울 만큼 거대해지게 마련이다. 지구상에 모든 존재가 사라져도 모른 척하고 싶은 존재는 절대로 사라지지 않는다.

"아린이 만났어?"

온조가 아직 덜 마른 머리칼을 손가락으로 펴며 물었다.

"아니, 어젯밤 톡으로. 혜지랑 친하냐고 묻더라."

난주가 여전히 천장을 보고 누운 채 말했다.

"그래서?"

"아니라고. 온조 너 만나는 데 나와서 같이 본 것뿐이라고."

"그랬더니?"

"온조 너랑 혜지랑 친하냐고 묻더라."

"그래서?"

"그건 잘 모르겠다고 했지."

"……"

"근데 되게 마음 놓는 눈치더라."

"마음을 놓는 건 또 뭐야? 질투?"

온조가 덜 마른 머리카락에 연신 손가락 빗질을 하며 무심히 물었다.

"혜지에게 관심이 많은 거겠지."

"아아. 그렇겠네."

온조는 고개를 끄덕이며 난주의 말에 동의했다.

"얼마 전부터 고아린이 좀 이상하긴 해."

"뭐가?"

"작년까지만 해도 혜지가 줄곧 전교 1등을 놓치지 않았잖아. 근데 올해 1학기부터는 고아린이 혜지를 앞질렀고. 굳이 묻지 않았는데도, 시험볼 때마다 글자 크기가 달라진다는 둥, 답이 보인다는 둥, 좀 이해가 가지 않는 말로 횡설수설하더라고. 혜지 얘기만 나오면 무척 예민해져서 눈빛까지 희번덕거릴 정도로 좀 무섭게 변한다니까."

"스트레스가 심한 거 아닌가?"

"왜 아니겠니? 어느 날은 조용히 죽을 곳이 없나 집 안 구석구석 찾아보기도 했다고 하더라고. 잘난 것들은 좀 독해. 얼마 전에 뉴스 난 거 봤지?"

난주가 새로운 소식이라도 전하는 양 호들갑을 떨었다.

"무슨?"

"학생 엄마가 학교 관계자와 도모하여 시험지를 유출하고 아이한테 기출문제라고 알려주자, 친구들이 시험 때문에 고민하는 걸 보고 기출문제라며 보여 준 거야. 시험에 똑같이 나온 거야, 토씨 하나 안 틀리고. 그 바람에 학교에 들통이 났지."

좋은 결과만 나온다면 수단과 방법을 가리지 않고 영혼이라도 팔 기세로 덤벼든 꼴이다.

"그 아이 바보 같지만 매력 있지 않냐? 친구들의 딱한 마음을 외면하지 않았잖아. 기출문제니까 공유해도 되는 거라고 생각했겠지. 자기 노트 필기한 것도 안 보여 주는 애들이랑은 다르지 않냐? 몸이 아파 결석한 라이벌 친구한테 엉뚱한 시험 범위 알려줘서 시험 망치게 하는 경우도 있고, 수강 신청 하고 로그아웃하지 않은 채 나가 버린 친구의 것을 취소하고 본인이 하는 경우도 있다는데 말이야."

"그래서? 왜, 아린이가 뭐래?"

"시험지라도 훔치고 싶대."

"헐, 생존만 남은 정글이네."

"역시, 정리의 여왕 백온조 여사 납셨네. 정글, 그래 인정."

"살아남기 위한 동물원 같지 않니? 생존경쟁에서 밀린 것들은 무리에서 빠져나와 그냥 빙빙 겉돌고. 근데 우리가 짐승은 아니잖아. 사람이잖아. 누구나 살 권리가 있는. 그럼 좀 다른 방법이 있어야 하는 거 아닐까. 고매하게 높은 격은 아니더라도 최소한의 격을 잃지 않으며 스스로의 존엄을 지킬 수 있어야 하는 거 아니겠어?"

"카아~ 암만요, 그렇고말고요."

"시험지 유출 얘기 말이야. 고아린한테도 떠돌던 루머 아니었어?"

"그랬지. 확인할 길 없는."

"그것조차도 혜지가 퍼트렸다고 하는 것 같던데."

"그래서 혜지가 멤버 되는 게 꺼림칙했던 거야. 이제 알겠니? 그때 내 심정을?"

"나는 혜지가 퍼트렸다는 말도 여전히 루머라고 생각해."

"참 이상도 하지. 루머라는 게 워낙 당사자들만 모르는 모양."

"아니, 혜지는 알고 있는 것 같아. 아린이가 그렇게 떠들고 다니는데 아무런 대처를 하지 않는 건 똑같이 될까 봐 그런다고 하더라고."

"무슨 말이야? 설마 아린이가 저를 팔아 혜지를 깎아내리려고 한다고?"

"그럴 수도. 라이벌만 없앨 수 있으면야. 아직 확인된 바는 없으니 추측일 뿐이야."

"뭐래."

"혜지도 아린이한테 1등 뺏겼다고 집에서 난리도 아닌가 봐."

"에공, 그들만의 리그구나. 혜지가 시간을 파는 상점 멤버라는 것을 알면 걔네 엄마가 퍽이나 가만히 있겠다. 우리까지 아작 낼걸."

"그니까, 네가 좀 봐줘. 안 그러면 혜지도 숨 쉴 곳이 없는 애야."

난주는 아무 대꾸 없이 말을 딴 데로 돌렸다.

혜지는 끝까지 합류 안 할 수도 있다. 혜지는 어떻게든 선두를 놓쳐서는 안 되니까. 그래야 그 집안의 구색을 맞출 수 있으니까. 라이벌 고아린에게 모의고사 1등을 놓쳤다는 건 낭떠러지까지 밀린 것 같은 위기감일 것이다.

"그나저나 가위손아저씨 일, 가능하기는 한 걸까?"

난주가 한결 힘을 뺀 목소리로 말했다.

"해 봐야지. 해 보고 난 뒤에 생각해도 될 거 같아."

해 보지도 않고 그냥 포기하면 내내 후회할 것 같았다. 작년에 떠난 국어 샘이 생각났다. 국어 샘은 기간제 교사였다. 1년 정도의 임기를 마치고 떠났다. 사실 어떤 선생님보다도 열정적이었다. 1년 동안 우리에게 많은 걸 주고자 했다. 전국의 문학관 기행, 작가와의 만남 등으로 잊지 못할 추억을 남겨 주었다. 마치 시한부의 삶을 사는 거처럼 아주 촘촘하게 시간을 쓰다 갔다.

"난주야, 난 가위손아저씨 생각할 때마다 나윤서 국어 샘이 떠올라."

난주는 벌떡 일어나 앉았다.

"완전 생각나지. 난 지금도 선생님 생각하면 눈물 나."

선생님과의 마지막 날, 첫눈이 얼마나 펑펑 내렸는지 발목까지 푹푹 빠졌다. 운동장의 브라키오사우루스가 하얀색 중절모를 쓴 것 같았고 티라노사우루스의 등에 하트 무늬로 쌓여 최고의 첫눈이라고 생각하던 날. 그렇게 내린 눈은 세상을 둥글고 부드럽게 감싸 주는데 현실은 그렇지 않았다. 칼날처럼 정확하게 구획된 시스템은 절대로 다른 곳을 넘볼 수 없게 만들었다. 채용이 끝난 기간제 교사는 학교를 떠나야 하고 계약이 끝난 방과후교사들과도 이별을 해야 했다.

"우리 정말 1년 동안 재밌게 논 것 같지 않니? 공부한 건데, 놀았단 느낌은 처음이야."

난주가 그때의 첫눈과 그날 떠난 나윤서 샘을 떠올리며 말했다.

멀거니 앉아 선생님의 손을 놔 버린 느낌이었다. 단단히 잡고 떼라도 써 봤어야 하는 건데. 방법을 찾아보자고 졸라 봤어야 하는 건데. 그건 그냥 학교 영역이라고, 어른들이 결정할 일이라고 시도조차 하지 않았다. 학교 측에 건의라도 해 봤으면, 아니 우리들의 의견이라도 전했다면 어땠을까, 그런 뒤 비록 결과가 같더라도 지금 생각과는 다를 것 같았다. 좋은 결과가 나오지 않았더라도 최소한 우리의 마음을 전할 수는 있지 않았을까. 나중에 이것이 우리에게 또는 선생님께 어떤 무늬로 남아 있을지 알 수 없는 거니까. 선생님을 보내 드리는 거에만 급급했지, 선생님을 잡으려는 생각은 하지 못했다. 이별의 편지를 쓰고, 아이들의 한마디 한마디를 모은 책자를 만들고 서프라이즈 파티를 하고……. 보내 드리는 거에만 초점을 맞췄다는 게 내내 걸렸다.

이번 가위손아저씨의 해고도 마찬가지이다. 이건 학교, 아니 그보다 더 큰 시스템의 일이라고 치부한다면 나설 일이 아니다. 부당한 것은 부당하다고 말해야 한다. 생각이 여기까지 미쳤을 때 온조는 불끈 뭔가가 마음속에서 일어나는 것을 느꼈다. 가위손아저씨 일도 분명 같은 이치일 것이다. 사람이 만든 시스템이기 때문에 사람이 고칠 수 있는 것이다. 거기에 일조할 수 있다면 더 당당히 나서야 된다는 생각이 들었다.

"내가 다시 선생으로 일할 수 없을지도 몰라. 모르겠어, 내 앞날의 시간이 나를 어떻게 변화시킬지. 그렇지만 나에게 주어진 시간은 최선을 다해서 쓰고 싶어. 너희들도 그랬으면 좋겠어."

나윤서 샘과의 마지막 시간, 눈물을 보이는 우리들에게 남긴 말이다. 선생님은 지금 뭐 하고 있을까. 어느 도서관 열람실에서 밤낮으로 임용고시를 준비하고 있을까. 아님 다른 일을 찾아 이쪽과는 전혀 상관없는 일을 하고 있을까.

그날 오후 해가 뜨자 쌓인 눈이 녹아내렸다. 쌓인 눈 위에는 까만 얼룩이 졌고 그 아래로 녹은 눈이 뚝뚝 흘렀다. 난주는 벌겋게 충혈된 눈으로 다가와 온조를 끌어안으며 울었다. 수능 끝나면 다시 만나자고, 그 안에 우리들과 학교 현장에서 만날 수 있는 시간은 없을 테니. 너희들 덕분에 교육 현장에 있어도 되겠다는 결심을 더욱 하게 되었는데 그 결심이 흔들리지 않는다면 시간이 얼마나 걸리든 현장에 다시 돌아오겠다는 말을 끝으로 선생님은 떠났다.

"너희들도 나도 쓰임이 많은 사람으로 살다 보면 어디서든 만날 수 있지 않을까?"

쓰임이 많은 사람으로, 라는 말에 한동안 가슴이 먹먹하면서도 숙연해졌던 기억이 난다.

지금쯤이면 이현도 미션을 끝내고 돌아올 시간이다. 아무래도 월요일 시위를 위해 좀 더 체계적으로 준비해야 할 것 같았다. 온조는 임시 회의를 하자고 단톡방에 올린 것을 다시 확인했다.

어디냐고 묻는 아린이의 톡을 보고 난주가 일어섰다.

"아린이 좀 잠깐 보고 이따 언덕으로 갈게."

동네 놀이터까지 함께 걸었다. 둘 다 말없이 걸었다. 마음이 무거운 토요일 오후다.

"난주야, 이현이 앞에서 너 무척 다른 거 아냐? 하하하."

난주의 무거워진 발걸음이 신경 쓰여 풀어 주고 싶은 마음에 말을 건넸다. 난주에게 최고의 처방전은 이현에 대한 얘기다. 이현과 관계된 거라면 자다가도 벌떡 일어나며 삼겹살 앞에서도 젓가락질을 멈출 정도다. 난주는 온조를 휙 돌아보며 눈을 하얗게 흘긴 뒤 말했다.

"웃기시네. 야, 나만 다른 줄 아냐? 이현이는 어떻고. 정이현이 온조, 널 바라보는 눈빛이 완전, 엉? 차마 내가 말을 안 해서 그렇지. 백온조 너 똑바로 해라. 아님 나한테 죽을 수도 있다."

난주는 째진 목소리로 쏘아붙였다. 눈빛에서는 불꽃이 튀었다.

"내가 뭘 어쨌다고. 너까지 그렇게 얘기하면 내가 뭐가 되니? 내 맘 모르는 것도 아니면서."

온조는 강토와의 만남이 어긋난 게 떠올라 답답하고 쓸쓸했으며 목소리에 힘이 빠졌다.

"이현이 마음을 모른 체해야 하니까 그렇지. 내가 그렇게 눈치가 없을라고."

난주가 울기 직전의 목소리로 말했다.

사람의 마음을 모른 척하는 것. 뭘 하든 부자연스럽고 신경 쓰이는 일이다. 온조에게 이현도 중요하지만 난주 또한 소중한 존재이다. 온조가 강토를 만나겠다고 나선 것도 그런 이유였다. 자칫하다간 관계가 이상하게 꼬일 것 같다는 생각이 들어서였다. 난주가 이현의 얘기에 그나마 이성을 갖고 있는 건 온조의 마음에 강토가 있다는 걸 알기 때문이다. 그런데, 만나지도 못한 강토가 하루아침에 낯선 존재처럼 아주 멀게 느껴졌다.

난주와 헤어진 뒤 강토에게서 톡이 왔다.

어떻게 된 거임?
전화기는 꺼져 있네.
기다렸는데.
무슨 일 있는 건 아니길.

온조는 통화 버튼을 눌렀다. 더 이상 머뭇거리면 강토와 연결된 끈이 사라질 것 같았다. 손가락 끝이 달달 떨렸다. 무척이나 긴장되었다. 온몸의 세포가 깨어나 감각이 예민해진 것처럼 저릿하게 아팠다.

"여보세요."

헉, 처음 듣는 강토의 목소리다. 숨이 턱 막혔다. 느낌이 나쁘지 않았다. 아니, 목소리가 좋았다. 부드럽게 감싸 안는 느낌이라고 해야 하나. 그동안 얼마든지 전화를 할 수도 있었다. 그런데 하지 않았다. 의뢰인으로서의 익명성을 지켜 주고 싶었고 후에 시간을 파는 상점을 또 이용할 수도 있으려면 아무래도 익명성을 유지하는 것이 낫겠다는 강토의 말이 있었기 때문이다. 그런데 이러저러한 것을 떠나 유일하게 만나고 싶은 의뢰인이기도 했다.

"아, 안녕하세요? 백온조입니다. 약속 시간을 못 지켰어요."

늦잠을 잤다는 말은 차마 붙이지 못했다.

"네, 카페가 문을 닫아 오래 기다릴 수가 없었어요."

아주 침착했다. 화를 낸다거나 책망하는 투가 아니다. 그런데 낯설지 않은 목소리다.

"네, 저도 카페에는 갔었어요."

배터리가 다 돼 문자를 보지 못했다는 말도 하지 않았다.

"아무튼, 약속 시간을 지키지 못해 죄송합니다."

난주의 말대로 시간 안에 가지 못한 건 온조 자신이다.

"아, 네, 별일 있는 건 아니죠?"

상대의 안부부터 챙기는 매너남이다. 그동안 기대하고 그렸던 모습과 다르지 않을 거란 생각에 마음이 다시 달뜨는 것 같았다. 꺼진 불씨가 건듯 불어온 바람에 살아나듯이.

"길이 엇갈릴 수도 있겠다는 생각을 했어요. 일이 생겨 저도 오래 기다릴 수 없었거든요. 청소년 광장 카페에도 왔었나요?"

"아, 아뇨. 나중에 알았어요. 죄송합니다."

"아이, 아뇨 죄송할 거까지야. 그간 시간을 파는 상점을 이용한 고객으로 주인장님을 모른다고는 할 수 없으니까요. 피치 못할 사정이 있겠다 싶었어요."

그동안 주고받은 메일의 느낌과 다르지 않아 마음이 놓였다.

"아, 조만간 또 보게 될 것 같습니다. 약속을 하지 않아도요."

조만간이라니. 그리고 또라니?

"네?"

"상의할 게 있었는데 잘 해결됐어요. 그리고 오늘 만나지 않은 게 오히려 잘된 일인지도 모르겠다는 생각이 들었어요. 아무래도 그게 나을 것 같아요. 시기적으로 크로노스 님에게 아주 중요한 때이니, 주위를 덜 분산시키는 게 낫지 않을까 싶어서요. 덜어 주지는 못할망정 붙이지는 말아야겠다는 생각이 들었어요. 여전히 상점의 VVIP 손님으로 남고 싶기도 하고요. 그러려면 익명성이 계속 유지되는 게 좋지 않을까요?"

온조는 가슴속에 찰랑댔던 물이 썰물처럼 일시에 빠져나가는 것 같았다. 익명성을 지키고 싶다는 말과 VVIP로 남고 싶다는 말만 메아리처럼 남은 채 전화는 끊겼다. 바보처럼 "아, 네."라는 말을 하는 바람에 강토는 그것을 대답으로 듣고 전화를 끊었다. 마음은 동의할 수 없었는데 입은 동의의 대답을 해 버린 꼴이 되었다. 온조는 그 자리에 털썩 주저앉았다. 서 있을 수 없을 만큼 힘이 빠졌다.

강토와는 그냥 의뢰인의 관계로 갈 수밖에 없는 것인가. 강토는 그것을 원한다고 했다. 강토와의 인연은 어디서부터 시작되고 어디서부터 비껴가는 것일까. 한 사람과 한 사람의 만남은 도대체 어느 시점부터 나비의 날갯짓과 같은 작은 바람을 일으켜 점점 큰 파동이 되어 만남이 되고 인연이 되고 결국 이별로 가는 것일까. 참 오묘하다는 생각이 들었다. 온조는 주변에 맺고 있는 만남들이 새삼스럽게 대단해 보였다. 난주와도, 이현과도, 혜지와도, 엄마와 아빠와도. 만남 자체가 특별한 시간들의 마주침이 있어야만 가능하다는 것을 새삼스럽게 되새김질하였다.

온조는 강토와의 통화가 너무 짧게 끝난 것 같아, 전화기를 바라보고 또 바라보았다. 조만간 만날 수 있다고 했다. 오늘 만나지 않은 게 오히려 잘된 일이라고 한 건 또 무슨 뜻일까.

여전히, 강토는 온조의 얼굴을 알지만 온조는 강토의 얼굴을 모른다. 온조는 강토의 본명도 모르기 때문에 만남은 순전히 강토에게 달린 것이다. 강토가 알은체하기 전에는 만남이 이루어질 수 없다. 어떻게 만날 수 있다는 것인지, 온조는 전혀 가늠되지 않았다. 가슴이 뛰었지만 어제와는 다른, 아니 강토와 통화하기 전과는 다른 긴장감이었다.

숨을 크게 몰아쉬며 길을 걸었다. 어디선가 한 줄기 바람이 불어왔다. 쓸쓸함이 묻어나는 토요일 저녁이다.

살아 있는 것과
살아가는 것의 차이

지금쯤이면 이현이 숲속의 비단에서 돌아올 시간이다. 온조는 이현이 일을 무사히 마쳤는지 궁금했다.

2차 시위를 위해 한 번 더 사전 모임을 해야 할 것 같았다. 1차 시위가 교내에 관심을 끌고 이슈화하기 위한 거라면 2차는 학교 밖으로 확대하는 게 목적이다. 상점에 공지하기 전에 멤버들의 의견을 먼저 모아야 한다.

타임백(Time Bag)을 열어 보았다. 이현이 미션을 마쳤다는 표기로 시간을 체크해 놓았다. 숲속의 비단에 다녀오는 시간까지 합쳐 토요일 오후를 다 쓴 모양이다. 무려 5시간이나 체크되어 있다. 미션을 마치면 쓴 시간만큼 상점의 타임백에 철저히 체크해 놓기로 했다. 그래야 우리의 시간 실험 성공 여부를 알 수 있기 때문이다.

어제 아침 기습 시위에 소요된 시간도 체크하길 바란다고 공지에 올렸다. 난주와 온조, 이강준, 새벽5시도 1시간이 체크되어 있다. 난주의 아이디를 보고 온조는 빵 터졌다. 역시 난주다. '인생은떡 튀순'이란다.

달라진 상점의 규칙이 자리 잡으려면 운영 멤버나 주요 멤버의 활약과 기록이 무엇보다 중요했다.

시간 상장방에 새 글이 올라와 있다. 가네샤 혜지다. 이름을 확인하는 순간 놀랍기도 반갑기도 했다. 내내 혜지가 마음에 걸렸다. 운영 멤버로 남고 싶어 온조에게 부탁 아닌 부탁도 했다. 혜지는 어떤 일에도 그렇게까지 애쓰는 성격이 아니다. 아님 말고 하는 식으로 시니컬하게 대응하기 마련인데, 온조에게만은 속내를 털어놓으며 당분간 사정을 봐 달라는 식으로 말했다.

혜지는 '수학 맡겨 줘, 초등 환영'이라고 올려놓았다. 단 1시간의 지도와 2시간의 숙제를 견딜 수 있는 친구 환영. 혜지가 할 수 있는 일을 상점에 올려 최대한 참여 의지를 보인 것이다. 혜지의 안간힘이 보였다. 그래서 고마웠다. 혜지의 시간 상장에는 벌써부터 여러 개의 댓글이 달렸다. 수학 해결, 역시 제일 인기 많은 상장 품목이었다.

온조가 언덕에 올랐을 때 바람을 맞고 있는 이현의 뒷모습이 보였다. 뭔가 깊은 생각에 잠겨 있는 듯했다. 어느 것 하나 쉽지 않은 지금 이 상황이 얼마나 힘들지 그 무게가 느껴졌다. 용기를 냈던 이현의 어제 모습이 떠올랐다. 이현은 온조가 생각했던 것 이상으로 괜찮은 아이일지도 모른다. 지금껏 실망을 준 적이 없다. 아니, 언제나 기대 이상이었다. 어제의 이현을 생각하자 또다시 가슴이 두근거렸다. 아무래도 미쳤나 보다.

이현은 전화기로 포털의 뉴스 댓글을 보고 있다.

"내일은 기자들이 학교로 올지도 몰라."

온조가 이현의 옆에 앉으며 말했다.

"어차피 우리 힘만으로는 어려운 일이야. 좀 더 많은 사람들의 힘이 필요해. 잘된 일이야."

이현이 다독이는 소리로 말했지만 많이 지쳐 있는 것처럼 보였다.

"어제 시위에 썼던 플래카드와 피켓은 학교에서 압수했지?"

이현이 물었다.

"피켓은 또 만들면 돼."

온조가 간결하면서도 단호하게 말했다.

"강준 선배가 재학생들한테 서명을 받는 게 좋겠다고."

이현은 방금 전에 강준과 문자를 주고받은 얘기를 꺼냈다.

"응, 반대 서명은 학사반 아이들이 주도적으로 나선다고 들었어."

아무렇지도 않게 말하는 온조를 이현은 다시 바라보았다.

"전에 강준 선배 본 적 있니?"

온조가 물었다. 이현은 순간 뜨끔했다. 오늘 분명 강토를 만나러 간다고 들었는데 못 만났다는 것인가? 어쩌면 강준이 강토일지도 모른다는 짐작이 틀릴 수도 있다는 생각이 들었다.

"2학년 때 전학 왔다고 들었어."

이현은 무심한 척 답했지만 속마음은 몹시 흔들렸다.

"그래서 그런가, 그렇게 낯이 익지는 않아."

"그 선배 좀 괜찮은 거 같더라."

이현은 온조를 살피며 말했다. 간 보듯 말하는 제 자신이 부끄럽긴 했지만, 이현에게 강준이라는 존재가 아주 중요해졌기 때문에 어쩔 수 없었다.

"너도 좀 멋있었어."

온조는 말을 마치며 간지러움을 면하기 위해 이현의 어깨에 손을 얹었다.

"야, 네가 형이냐?"

이현은 어깨에 있는 온조의 손을 신경질적으로 털어 냈다. 온조는 이현의 까칠한 반응에 당황스러우면서도 무안했다.

"큼큼, 왜 그래?"

"넌, 정말…… 뭐라고 해야 할지 모르겠다."

이현은 싸늘한 표정으로 입을 다물어 버렸다. 온조가 친구나 형처럼 데면데면 구는 게 끝내 못마땅했다. 상대에게 감정을 강요할 수 없지만 '나'와 같길 바라는 마음은 끝끝내 저버릴 수 없는 거다.

그게 힘든 거다. 그게 아픈 거다.

잠깐 어색한 시간이 흘렀다. 이현은 말없이 언덕 아래 오밀조밀 구획된 지붕 선을 바라보았다. 관계라는 것이 구획한 대로 가지 않는다는 것을 알지만, 지금 심정 같아서는 누군가 나서서 정리해 줬으면 싶었다.

이현이 무방비로 있을 때 온조는 그렇게 훅 들어온다. 강준 얘기를 꺼낸 건 온조를 떠보려고 했던 건데 역으로 자신이 당한 듯한 느낌이 들었다. 너도 좀 멋있었어, 라는 온조의 말이 귓가를 떠나지 않았다.

"크음, 강준 선배가 그러는데 공청회를 요구해도 된다고 하더라고. 각자의 입장에서 공식적으로 의견을 나눠 보자는 거지. 시위를 위한 시위가 아니니까. 제대로 된 절차를 밟아 아저씨의 자리를 지키는 게 중요하다면서."

이현은 다시 강준 선배 얘기를 꺼낸 뒤, 귀를 문지르며 말했다.

"강준 선배랑은 직접 만나는 거야? 아님 전화로?"

이현이 선배들과 재학생 사이의 연락책이 된 것 같아 온조가 물었다.

"나 못지않게 가위손아저씨랑 인연이 깊더라고."

"아, 그래? 어떤? 근데 그렇게 깊은 얘기까지 나눌 정도야?"

"깊다고까지는 아니고, 2차 시위 준비사항 문자로 주고받다가 나온 얘기야. 선배가 미국에서 달랑 혼자 왔을 때, 가위손아저씨가 집도 알아봐 주고. 가끔은 지킴이실에서 컵라면을 얻어먹기도 하고 그랬나 봐. 나처럼."

이현은 다시 온조의 표정을 살폈다. 온조의 표정은 크게 달라지지 않았다. 강준과 강토가 동일 인물일지도 모른다는 것은 이현만의 생각일지도 모른다. 이현은 강준의 이야기를 듣다가 자연스럽게 의뢰인이었던 강토를 떠올렸다. 시간을 파는 상점의 규칙도 제법 잘 알고 있고 상점에 대한 믿음이 단단하다는 걸 느꼈기 때문이다. 오늘 온조가 강토를 만나러 간다고 들었기 때문에 조만간 사실이 밝혀지겠지, 하는 생각을 하던 차였다. 이현은 강준의 정체를 확인하고 싶기도, 그렇지 않기도 했다.

"아, 그랬구나. 아저씨 일에 열심인 데는 각자의 이유가 있는 거네. 어떻게 보면 각자의 명분을 만들어 시간을 내는 거라는 생각이 든다. 우리도 그렇잖아."

"그러니까, 시간을 내고 안 내고는 마음에 달려 있는 거란 얘기지."

"오올~ 그러니까, 시간이 없다고 하는 건 마음이 없다는 말과 같은 거네."

온조가 이현을 바라보며 손바닥을 펼쳐 보였다. 이현이 조금 머뭇거리는가 싶더니 맞춰 준다는 식으로 하이파이브를 했다.

"시간을 파는 상점도 잘 알고 있고."

이현이 다시 온조를 살피며 말했다.

"돌탑 폐북을 보고 상점을 알게 됐다고 하던데."

"으응, 그럴 거야. 나한테도 그렇게 말했으니까."

오늘 강토를 만났냐고 물어 보고 싶었지만 알은체할 수 없는 자신의 처지가 몹시 못마땅했다.

온조가 잠깐의 침묵을 깨고 물었다.

"숲속의 비단은 어땠어?"

숲속의 비단 얘기가 나오자 이현의 얼굴이 어두워졌다. 책 읽어 주는 건 이현이 꼭 해 보고 싶은 일이라고 했다.

"잘했어? 어땠어?"

"응? 으응……."

이현이 선뜻 대답하지 않는 게 좀 이상했다.

"다음엔 내가 갈까?"

온조가 벤치에서 등을 떼며 물었다. 이현이 정색하며 말했다.

"뭐? 안 돼."

이현의 갑작스러운 반응에 온조는 새삼스럽다는 생각이 들었다.

"굳이 안 될 건 또 뭐임?"

"당분간은 내가 가는 게 좋을 듯. 아저씨가 낯가림이 심한 편이야."

이현이 냉랭하게 말했다.

"아, 그래?"

"넌, 오늘 약속 있었다고 했잖아."

이현은 숲속의 비단 얘기를 딴 데로 돌리고 싶어서 맴돌던 생각을 불쑥 뱉었다.

"으응? 응웅."

온조는 당황하며 더 이상 말을 붙이지 않았다.

"대답이 뭐 그래?"

그래도 온조는 아무 대답이 없다. 운동장 한편에 다복하게 차지하고 있는 튤립나무를 멍 때리며 바라보기만 했다. 짧은 순간 온조의 낯빛에서 쓸쓸함이 묻어났다. 사실 이현은 강토 얘기를 듣고 싶기도, 듣고 싶지 않기도 했다. 늘 온조를 살피며 마음을 분명히 표현할 수 없는 자신의 처지가 마음에 들지 않았다. 그런 자신에게 이제 좀 지친다는 생각도 들었다.

이현이 등나무 둥치 사이에 난 강아지풀 하나를 뽑아 올리며 무심한 듯 물었다.

"살아 있는 것과 살아가는 것의 차이가 뭐인 것 같니?"

"응? 갑자기?"

"요즘 그냥 드는 생각이야."

"글쎄…… 다른 말 같기도, 같은 말 같기도 한데, 다시 생각해 보면 큰 차이가 있는 것 같기도 하고. 잘 모르겠다."

"나도 그래."

"우리 외할머니 생각이 나기도 하고."

"숲속의 비단 의뢰를 맡은 것도 외할머니 때문이라고 하지 않았어?"

이현이 생각에 빠져 있는 듯한 온조에게 물었다.

"맞아. 외할머니도 평생 옷을 만들면서 사셨거든. 할머니 꿈이 양
장점 하나 내는 거였는데. 어렸을 때 나한테 양장점 이름 하나 지어
봐, 라고 하셨어. 그래서 하하하하, 내가 뭐라고 지었는지 알아?"

온조는 외할머니와 살던 때로 돌아간 듯이 말했다. 이현은 맑은
공기를 가르는 듯한 온조의 웃음소리가 좋았다.

이현은 할머니와 마주 앉은 어린 온조를 그려 보았다. 아주 어
렸을 때부터 온조는 왠지 어른스러울 것 같았다. 온조가 웃으니
이현의 마음도 무방비로 풀렸다.

"소꿉놀이로 카페도 차리고, 패밀리 레스토랑 메뉴판도 만들고,
병원도 차리고…… 그때는 안 되는 게 없었는데."

"양장점 이름은 뭐라고?"

"파란 단추."

"제법인데. 할머니 반응은?"

"아니, 양장점 이름이 그게 뭐냐고. 할머니는 할머니 이름을 넣
어서 짓고 싶었나 봐. 이웃선양장점."

"헐, 할머니 이름 대박이다."

"그치. 이름도 딱이지. 할머닌 완전 디자이너였어. 뜨개질로 내
옷을 다 만들어 주셨으니까. 아주 고급스러운 단추로 마무리까지,
그때 달아 주셨던 단추 중에 파란 단추가 생각나. 할머니가 짜 준

스웨터를 입고 유치원에 갔는데 아이들이 할머니 같다고 놀려서 안 입겠다고 한 적이 있어. 지나고 나니 할머니한테는 참 서운한 일이었겠다는 생각이 들었어."

이현은 강아지풀을 손끝에서 뱅글뱅글 돌리며 듣고 있다. 어린 온조를 그려 보는 것도 좋았다.

"할머니 돌아가시기 전에 마지막 말이 뭔 줄 알아?"

이현은 말없이 온조의 옆모습을 바라보았다. 할머니와의 추억에 빠져 먼 시간 속에 머물러 있는 듯 보였다.

"궁금한 건 없어, 였어."

이현이 의아해하는 눈빛으로 온조를 바라보았다.

"하하하, 우리 할머니 대박이지 않냐?"

온조는 할머니 마지막 모습을 말하는데도 밝게 웃었다. 할머니와 보냈던 시간은, 죽음이라는 이별도 아름답게 기억할 수 있도록 하는 힘이 있는 것 같았다.

"그게 무슨 말인데?"

"그 말 전에는 또 뭐라고 하신 줄 알아? 유언으로는 참 신선하지 않니?"

외할머니는 요양원에서 돌아가셨다. 돌아가시기 전, 단기기억 상실이라는 약한 치매가 왔다. 방금 전에 누가 왔다 갔는지, 누구의 전화를 받았는지, 약은 먹었는지 등 현재로부터 가장 가까운 기억이 점차 사라지는 증세였다. 컨디션이 좋은 날은 가족을 다 알아보았지만 그렇지 않은 날은 손자들에 대한 기억은 사라졌다. 물론 당신이 낳은 자식들을 몰라볼 때도 있었다. 그래서 엄마와 함께 할머니를 보러 가면 엄마는 일부러 기억을 더듬는 질문을 많이 하곤 했다. 자식들의 이름을 순서대로 묻는 것, 사위나 며느리, 손자, 손녀 이름을 재차 확인하며 할머니의 기억을 되살리려 했다.

가장 최근까지 살고, 할머니 인생에서 가장 오랫동안 살았던 집을 기억하지 못하자 엄마가 대뜸 물었다.

"엄마, 어디서 살 때 가장 행복했어?"

"북문로."

북문로는 할머니가 태어나고 자란 곳이다. 할머니에게 그때의 시간이 가장 좋았던 거라면, 오롯이 본인 자신이었을 때를 말하는 것일까.

인생에 있어 '나'로서 오롯할 때는 언제일까. 역할로서의 존재가 아니라 자기 자신으로서 온전히 충실할 때, 그때는 언제일까. 온조는 할머니의 소녀 시절, 그러니까 지금의 제 나이 때가 가장 행복한 순간이었다는 게 믿기지 않았다. 그 시절, 일제강점기 학교에서는 조선말을 쓰면 위반패를 쥐여 주며 손바닥을 맞아야 했고 6·25 전쟁 때는 부역을 나오라고 하여 그것을 피해 산으로 도망 다니던 때도 있었다고 했다. 시대의 불우함에도 그 시절이 가장 행복했다니. 온조는 지금 학창 시절이 뭔가를 하기 위한 준비 기간이라고만 생각했다. 통과의례처럼 지나야 하는 시간, 그 자체로 충만

감 같은 건 있을 수 없다고 생각했다. 그런데 할머니 말을 듣고 보니 매 순간 우린 완성된 시간을 사는 게 아닌가 싶었다. 미래를 준비하기 위해 임시방편으로 지나가는 시간이 아니라 매 순간이 완성된 시간이라는 생각이 들었다. 이것만 지나면, 이 시기만 지나면…… 하며 버틴다는 생각으로 지금껏 지내 왔는데, 그렇지 않다는 생각이 들었다. 지나간 시간은 절대 되돌아오지 않으니까.

온조는 할머니가 위독하다는 전화를 받고 달려갔을 때가 생각났다.

할머니는 석양이 지는 창밖을 바라보았다. 물 묻은 강가의 몽돌이 반짝거렸고 얕은 곳의 물빛은 물살에 쉼 없이 흔들리며 노을빛을 받아 내었다. 할머니가 무슨 말인가 하려고 입술을 달싹였다. 엄마는 잘 들리지 않는지 할머니 얼굴 가까이에 귀를 댔다.

"뭐라고요? 엄마, 잘 안 들려요. 다시 한번 말해 봐요."

"아까워."

할머니의 목소리는 가래가 잔뜩 끼어 겨우 끌어 올리는 듯한 쇳소리에 가까웠다. 할머니 눈빛은 어느 때보다 맑았다.

"뭐, 뭐가 아까워요?"

온조도 엄마도 당황스러워 서로 바라보기만 했다. 뭐가 아깝다는 것일까. 그때 할머니가 힘없이 손을 들어 올리며 창밖을 가리켰다.

"저, 예쁜 것들을 못 본다는 거."

할머니 손을 따라 창밖을 바라보았다. 노을이 찬연했다. 노을빛을 받은 사물들이 황금빛으로 반짝였다.

"근데, 궁금한 건 없어."

그 말을 끝으로 할머니는 고개를 떨어트렸다.

할머니가 남기고 간 말이 언뜻언뜻 떠올랐지만 온전히 헤아리지는 못했다. 엄마에게 물어볼 수도 없었다. 한동안 엄마는 외할머니 얘기가 나올 때마다 눈물 바람이었다. 돌아가신 아빠보다 더 애절하게 그리워했다. 어른에게도 엄마를 대체할 수 있는 건 없다는 뜻일까.

이현이 물었던 살아가는 것과 살아 있는 것의 차이, 할머니가 마지막으로 했던 말과 왠지 맥락이 닿는 것 같았다.

온조의 말끝에 이현도 골똘히 생각에 잠겼다. 궁금한 것은 없다는 할머니의 말을 이현은 한참 동안 곱씹었다.

온조는 석양을 받아 노랗게 물든 운동장의 모래를 보며 이현에게 말했다.

"살아 있는 것과 살아가는 것의 차이는 그거 아닐까. 궁금증, 호기심 말이야. 그걸 찾아 계속 움직이는 게 살아가는 것 아닐까. 그게 없으면 아무 재미도 없는 거니까. 우리가 아직 살아 보지 않은 날이 궁금한 것처럼 말이야."

"살아 보지 않은 날을 궁금해하는 아이들이 몇이나 될 거 같니? 세상을 알기도 전에 절망과 패배를 먼저 배우는데, 미래도 뭐 다를 게 있냐고 규정짓는 게 이렇게 많은데."

"그러니까, 살아가는 게 아니지. 그냥 살아 있는 거지. 살아가기 위해서는 어떻게 해야 하는 것인지, 끊임없이 생각하고 찾아봐야 되는 게 아닐까?"

온조는 지난번 타임 세일러 방을 만든 뒤, 근본적인 물음을 한 적이 있다. 왜, 굳이 시간을 파는 상점을 계속하려는 거지? 지금의 시간을 파는 상점은 도대체 어디에 와 있는 거지? 그때 끼적거린 말들이 떠올랐다. 굳이 말하자면 시간을 파는 상점을 운영하는 이유 또는 변명을 넋두리처럼 늘어놓은 거라고 해도 좋겠다. 온조는 이현에게 정리해 놓은 문장을 톡으로 보냈다.

"혹여 나를 포함한 멤버들이 우리의 처음을 잊으려고 할 때 상점에 올리려고 써 놓은 거야. 으윽, 근데 좀 간지러울 수 있어."

온조가 제 팔뚝을 문지르며 말했다.

우리의 경험을 막지 말아 주세요.

단지 먼저 살아 봤다는 것으로 모든 힘듦을 사전에 차단하려고 하지 마세요.

경험이 우리에게 주는 선물이 있어요.

그로 인해 더 높이 더 멀리 뛸 수 있는 힘이 생겨요.

경험의 범위를 자꾸만 재단하려고 하지 마세요.

우린 더 높이 날 수 있는 자유를 꿈꿔요.

슬픔도 아픔도 실패도 없이 어떻게 성숙이 오나요.

아프게 치른 만큼 되돌려주는 것도 그것에 상응하는 선물이 아닐까요?

꽃길만 걷자라고 하는데, 어떻게 삶이 꽃길만 있을 수 있나요.

우리의 경험을 막지 말아 주세요.

우리는 다만 내가 부르는 노래 속에 나의 이야기를 담고 싶을 뿐이에요.

이현은 글을 읽은 뒤 온조를 바라보았다. 간지럽지 않았다. 이현이 온조의 머리에 손을 올리려다 그만두었다. 바람이 불어와 온조의 머리칼이 날렸다. 그 사이사이로 햇빛이 퍼져 온통 금빛으로 반짝였다.

'넌 늘 나한테 멋져.'

이현은 차마 그 말은 할 수 없었다.

이현은 말없이 빈 운동장을 한참 동안 바라보았다.

숲속의 비단 아저씨는 지금 어떤 상태일까. 그동안 읽은 책도 그런 차원 아니었을까. 호기심. 그런데 지난번 그런 말을 했다.

—책을 읽으면 뭐 해, 아무 소용도 없는걸.

"하아—."

이현은 빈 운동장과 하늘 사이의 푸른 허공을 바라보며 긴 숨을 뱉었다. 여러 가지 감정이 뒤섞인 한숨이었다. 온조를 향한 말할 수 없는 감정과 숲속의 비단 아저씨의 절망이 겹쳐 더욱 우울하게 만들었다.

"내일 기자회견을 하려면 발표문이나 성명서 같은 것도 작성해야 하지 않을까?"

이현은 다시 마음을 가다듬으며 온조에게 말했다.

"응, 그래서 그 부분도 상의하고 역할 분담을 다시 해야 할 것 같아서 오늘 보자고 한 거야."

"넌, 방금 전에 보여 준 이 문구 상점에 올려. 좋더라."

"아, 그래?"

"내가 성명서를 써 볼게."

이현이 나서서 말했다.

"오, 그래? 큰 짐 덜었다."

"일단 써서 너한테 보내 줄게. 좀 봐 주라."

"그럴래? 안 그래도 너 아니면 내가 써야 하는 일이란 생각이 들었거든."

"졸업생 대표로 강준 선배도 써 본다고 했어."

"생각보다 역할 분담이 잘돼서 다행이야."

"야, 뭐가 그렇게 심각해?"

난주가 온조와 이현 사이에 앉으며 말했다. 난주의 몸에서 새로운 바람 냄새가 났다. 난주는 이현과 온조를 번갈아 바라보며 의심의 눈초리를 풀지 않았다.

"그렇게 조바심 나면 좀 일찍 오든가."

온조가 난주를 흘겨보며 말했다.

"그러게. 꼭 중요할 때 나를 찾는 호출이 뜨더라. 아린이 좀 만나고 오느라."

난주의 말이 떨어지자마자 혜지가 왔다.

"야, 오혜지, 네가 학사반 창문에 포스트잇 붙이기 시작했다며?"

난주는 혜지를 보자마자 물었다. 학사반 창문에 가위손아저씨를 응원하는 말이 삽시간에 번졌고 경비실 창문에도 붙게 되었다고 했다. 뜻밖의 소식에 이현과 온조는 놀란 눈으로 혜지를 바라보았다. 혜지는 아무렇지 않다는 듯 정면을 향한 채 말했다.

"누가 그래? 나라고?"

혜지의 목소리는 깨진 얼음 조각처럼 날카로웠다.

"고아린."

난주도 혜지의 목소리 톤에 맞춰 짧고 냉랭하게 답했다.

"고아린이 또 그렇게 말한 이유가 뭘까?"

혜지는 좀 전보다 목소리를 누그러트렸지만 날카로움은 그대로였다.

"……"

난주는 '뭥미?' 하는 눈빛으로 혜지를 올려다보았다.

"그러고 보니 나에 대한 루머의 처음 시작은 고아린인 거 알아?"

혜지의 입에서 고아린에 대한 말이 이렇게까지 나온 건 처음이다. 여전히 목소리에는 가시가 잔뜩 돋아 있다. 그간 고아린과 혜지의 관계에 대해 많은 말이 떠돌아다녀도 혜지는 함구로 일관했다. 그래서 온조도 떠도는 말에 대한 판단을 유보했다. 마구 떠들고 다니는 사람보다 말하지 않고 견디는 사람이 진실에 가깝지 않을까 생각했다. '내가 아니라고 말하면? 고아린과 내가 다를 바 없잖아'라던 혜지의 말을 다시 한번 떠올렸다. 누군가 만들어 내는 말에 낚여 일일이 응대하려면 진흙탕에 뒹굴 각오를 해야 하는데, 그것만은 견딜 수 없는 일이라고 했다. 혜지가 지금까지 모든 것을 참고 견뎌 온 건, 최소한 사람다움을 유지하기 위해서라고 했다. 집에서도 학교에서도 설 자리가 없는 지금, 마지막으로 자신을 지탱해 주는 건 스스로가 지키는 '격'이라고 했다. 그것마저 잃게 되면 차라리 죽는 게 낫다고 했다.

"그럼 네가 아니야?"

난주가 다시 물었다. 끝까지 캐묻는 난주의 집요함은 뒷걸음질 치는 법이 없다.

"그게 누가 먼저 시작한 게 뭐가 중요해? 누가 먼저 했느냐, 누가 시작했느냐, 이런 걸 제일 좋아하는 측이 따로 있지 않니? 색출해서 누군가에게 책임을 물으려는 측에서 좋아하지 않겠니?"

"야, 너는 무슨, 검사 같다~."

난주가 혜지의 깨진 유리 조각 같은 말에 비아냥거리는 어조로 대꾸했다.

"본질을 알자는 얘기야. 그런 거에 놀아나고 싶지 않아."

혜지는 작정한 듯 날을 더욱 날카롭게 벼리며 말했다.

"아고— 잘났어, 정말."

듣고 보니 맞는 말 같았다. 어떤 한 사람이 주동자가 되어서는 안 되기 때문에 우리 모두 주동자가 되어야 한다는 말처럼, 누군가에게 책임을 물어 본보기로 보여 준 뒤, 다수의 사람들이 다시는 그런 행동을 하지 못하게 하는 것. 통제 수단으로 쓰기 위한 절차가 아닐까 싶었다.

혜지는 고아린을 보면 거울을 보는 듯한 착각이 든다고 했다. 마치 자기 자신을 마주하고 있는 듯해서 끔찍하다고 했다. 자신을 정확히 보려면 자신과 똑같이 행동하는 사람을 보면 안단다. 혜지에게 아린이가 그런 존재였다. 중학교 3년 내내 라이벌로 엄마들의 대리전 같은 걸 치르다가 혜지가 먼저 서서히 지쳐 갔다. 시험 기간만 되면 세상의 온갖 불행이 고아린에게 닥치길 빌었다. 교통사고라도 나서 시험을 보지 못했으면, 시험 전날 설사병이라도 났으면, 아린의 아버지 사업이 폭망해서 전학이라도 갔으면. 세상의 온갖 불행이 아린이게 향하길 빌었고 세상의 온갖 행운은 자신에게 오길 바랐다. 그런 자신을 보며 인간이 얼마나 이기적인 동물인지, 자신이 얼마나 치졸한 인간인지 여실히 보여서 괴롭다고 했다.

이런 나날도 어느 날, 고아린의 쪽지편지 한 장에 끝나 버렸다. 그 속에는 한 줄의 문장이 쓰여 있었다.

네가 죽어 버렸으면 좋겠어.

그때야 비로소 아린이가 보였고 아린이와 별반 다르지 않은 제 자신을 보게 되었다.

고아린의 엄마도 혜지 엄마와 다르지 않았다. 늘 혜지의 성적과 비교했다. 그때마다 아린이는 혜지가 죽기를 바랐다. 그런 자신을 또 환멸하는 반복의 악순환이었다. 그러다 점점 혜지를 어떻게든 깎아내리는 말을 만들어 퍼트렸다. 그것도 제 자신과 관련된 루머를 만들어서. 그래야 혐의를 완벽하게 받지 않을 테니까.

혜지는 언젠가부터 헤드폰을 쓰지 않았다.

"난 질투의 힘을 그렇게 쓰고 싶지 않아. 온조 널 보고 배운 것이기도 해."

"나, 날 보고? 나의 뭘 보고?"

"넌, 그냥 상대를 인정하잖아."

"야, 나도 질투해. 사람인데."

그때 난주가 끼어들었다.

"야, 백온조 너 같은 건 게임도 안 된다, 뭐 그런 뜻 아니냐?"

"하하하."

혜지가 등나무 지붕이 들썩할 정도로 크게 소리 내어 웃었다. 처음 보는 혜지의 모습에 온조도 난주도 당황스러웠다. 그런데 속은 팡 터지는 느낌이었다.

"깜놀, 웬일이냐? 너도 그렇게 웃을 줄은 아냐?"

난주가 혜지를 바라보며 물었다.

"야, 홍난주, 너도 꼬인 데 많지? 한 번 더 웃어 줄까?"

"야, 오혜지 너."

다시 또 시작이다.

"고아린을 보고 알았어. 질투의 힘을 잘못 쓰면 사람이 얼마나 일그러지는지. 질투는 사람을 죽일 수도 있는 에너지가 있거든. 그렇게 나쁘게 쓴 에너지는 결국 자신을 향한 칼날과 같아."

난주가 처음으로 혜지의 말에 딴지를 걸지 않았다.

이번 일도 아린이가 그렇게 말을 퍼트려 혜지를 궁지로 몰려는 것 같았다. 고아린은 이제 만년 2등에서 벗어나 혜지를 앞질렀는데도 관성의 법칙처럼 같은 패턴의 행동을 계속하고 있다. 스스로 알을 깨지 못하면, 증세는 더 깊어질 수밖에 없다.

난주 말에 의하면 고아린은 이번 중간고사에서 내신이 모의고사만큼 나오지 않을까 봐 거의 신경쇠약에 걸릴 지경이라고 했다. 내신에서 혜지가 앞질러 버리면 이번에는 어떤 루머를 퍼트릴지 모를 일이다. 중3 때 일이다. 이메일로 수행평가를 제출할 일이 있었는데 혜지가 메일을 보낸 뒤 로그아웃하지 않고 자리를 비운 적이 있다. 둘이 받는 과외 시간에 벌어진 일이다. 누군가 발송 취소를 누르는 바람에 혜지는 제출 기한을 넘겨 감점을 받은 적이 있다. 혐의는 있었지만 물증은 없는. 그때 혜지는 소름 끼치도록 무서웠다. 라이벌이지만 그래도 친구라고 믿었는데. 충격이 컸다. 그 후로 혜지는 점점 아린과 멀어지게 되었다.

월요일에 있을 시위에 역할 분담을 하고 한 번 더 점검하였다. 혜지는 반대 서명 받는 것과 유리창에 포스트잇 붙이는 일을 계속하기로 했다. 몸 사리던 오혜지는 어디 갔냐고 난주가 한 번 더 비아냥거렸을 때 혜지가 그랬다.

"운동장에 있는 너희들을 지켜보는 게 더 고통스럽더라. 절대 그런 시간은 두 번 다시 만들고 싶지 않아. 그리고 쫄지 않을 거다. 그게 나의 격을 지키는 거란 생각이 들었어. 거기다 다른 사람의 격을 높여 주는 것이 나의 격을 높이는 거란 생각까지. 가위손아저씨 복직 촉구도 같은 선상이라고 생각해."

"올~."

난주가 처음으로 혜지에게 감탄의 말을 날렸다.

이현은 성명서를 쓰기로, 온조는 난주와 함께 피켓을 더 만들기로 했다.

"학교에 무슨 일 있니?"

엄마가 저녁밥을 푸며 물었다.

"누구한테 들었어? 불곰 샘 소식통이야?"

"아니. 왜, 불곰 샘 소식통이면 안 돼?"

"아니 뭐, 학교서 일어난 일, 나에 대한 일 모두 엄마한테 보고하는 건 아닌가 해서?"

"페북에 돌아다니는 거 봤어. 그리고 보고할 일을 안 만들면 되지 뭘 그렇게 예민하게 반응해?"

"페북? 헐."

"넌 친구 신청 해도 안 받아 주더구만."

"엄마가 친구 신청 하는 건 아니지. 그건 나와 친구들의 세계인데."

"아궁, 그러셩? 그래, 그건 접수. 어쨌거나 느네 학교 이름이 실검 순위에 올라 깜짝 놀랐어."

또 무슨 일이 일어났나 싶어 철렁했을 것이다. 작년 그 아이의 죽음이 있었을 때도 학교 이름이 실검에 오른 적이 있다. 그 일은 모두에게 트라우마로 남았다. 그 범위와 내상이 얼마나 깊을지는 아무도 모른다.

"나도 어떻게 해야 하나 궁리하던 차였어. 학교 운영위원회 이름으로 공청회를 신청해 볼까도 생각해 봤고. 이의 제기하는 적법한 절차가 있을 거야. 이 정도 여론이면 학교에서도 조치는 취하고 있을 거야."

월요일 아침, 엄마는 마스크 박스를 한 개 더 내놓았다. 오늘은 엄마가 들고 가겠다고 했다.

"엄마도 바쁘다며?"

"먼저 할 게 있지. 어른들 일에 아이들이 먼저 나서 줬는데 이렇게라도 해야 낯이 서지. 학부형들도 의견이 그래."

"학교에서 우리가 받을 불이익 때문에 그러는 건 아니고?"

"그것도 중요하지. 아니라고는 말 못 해. 솔직히 엄마도 그래. 자기 자식이 학교 눈 밖에 나는 걸 누가 좋아하겠어."

"설마, 너희들은 공부나 해, 그런 건 엄마들이 할게, 뭐 그런 식은 아닌 거지?"

"아이고, 앞서가시네. 어여 학교나 앞장서셔. 언제 공부했다고 공부 타령이야."

난주에게도 톡이 왔다. 난주네 엄마도 합세하기로 했다고. 시위 첫날과는 사뭇 달랐다. 든든한 지원군을 등에 업고 가는 느낌이다.

기자회견 순서를 정하고 진행은 온조가 맡기로 했다. 우리 모두가 주동자라고 했으니 주동자로 나서는 것이 맞다는 생각이 들었다.

교문에 들어서자 엄마들 몇몇이 모닝똥과 얘기를 나누고 있다. 교무실로 가자는 모닝똥의 재촉을 한사코 거절하며 교문 앞을 지키는 것 같았다. 학교가 어수선하면 아이들 성적에 영향을 줄 수 있으니 조속히 해결하길 바라는 마음도 있을 것이다. 반대 서명지를 돌린 다음이라 그런지 재학생 수는 점차 늘었다. 물이 들어와 순식간에 거대한 호수가 되듯 꽤 많은 숫자가 모였다. 학부모도 점차 수가 많아졌다. 교복을 입지 않은 졸업생도 꽤 되었다. 맨 앞줄 양쪽에서 복직 촉구 플래카드를 들었다. 이현이 나서서 성명서를 발표하기로 했다.

기자들의 카메라가 시위대 앞에 도열해 있어서 깜짝 놀랐다. 이렇게 많이 오다니.

어젯밤, 혜지가 상점의 게시판에 사진 한 장을 올리며 기자회견에 자신이 들고 나가겠다고 했다.

혜지가 온조와 눈을 맞춘 뒤 움직였다.

혜지가 포스트잇이 붙은 게시판을 들고 맨 앞줄로 나섰다. 가위 손아저씨가 택배 상자에 일일이 붙여 주었던 쪽지였다.

— 안녕? 별일 없지?

— 밥 잘 챙겨먹는 거지?

— 어제 아이스크림 고마웠다.

— 놓고 간 빵 잘 먹었다.
  .
  .
  .

혜지가 들고 있는 게시판 앞으로 몰려들어 사람들이 사진을 찍었다. 기자들도 사진을 찍었다.

성명서를 읽는 이현의 목소리가 운동장과 교문 가까이 운집해 있는 사람들 사이를 꽉 채웠다.

화단의 나무를 보아 주세요. 그 옆에 있는 돌탑을 보아 주세요. 누군가의 손길로 돌탑이 쌓이고 꽃이 피고 나무가 자라고 있습니다. 학업 스트레스와 정서적 불안과 죽음이 있었던 학교를 위로의 공간으로 만들기 위해 무던히 애쓴 손길이 있습니다.

비 오는 날 우산을 건네주고, 택배 상자에 색색의 포스트잇을 붙여 응원의 말을 건네주던, 우리의 안전지킴이인 아저씨가 하루 아침에 해고되었습니다. 사람이 사람을 대하는 태도를 봅니다. 자본이 사람을 몰아내는 세상을 봅니다.

살아 있는 것과 살아가는 것의 차이는 무엇일까요?

우리는 살아가는 사람으로 살라고 배우고 있습니다. 생각하고 위로하며 함께 나누는 그런 삶을 살아가라고 배우고 있습니다. 배움의 장인 학교 현장에서 그와 정반대의 일이 벌어지고 있습니다. 그런 결정을 한 학교의 일원이라는 게 몹시도 부끄러웠습니다. 사람이 만든 규범과 사람이 만든 규칙이라면 사람을 위해 고칠 수도 있다는 생각이 들었습니다. 그러한 일에 우리들의 힘을 보탤 수 있다면 행동해야 한다는 생각이 들었습니다.

지킴이아저씨의 해고를 철회하고 복직을 요구합니다. 학교 일원의 한 사람으로서 부끄럽지 않게 이 운동장에 들어서고 싶습니다.

가르쳐 주신대로 저희가 행동할 수 있게 해 주십시오. 배운 대로 살 수 있게 해 주십시오.

다시 한번 지킴이아저씨의 복직을 요구합니다.

"다음은 졸업생 이강준이 아저씨께 드리는 편지입니다."

온조는 차분하면서도 조곤조곤한 목소리로 다음 순서를 말했다.

제가 전학 왔던 어느 날을 기억합니다. 봄비인지 겨울비인지 모를 차갑고 을씨년스러운 비가 내리던 날이었습니다. 모든 것이 낯선 상황에서 제일 먼저 반겨 준 분은 지킴이실에 계셨던 아저씨였습니다. 집안 사정으로 미국에서 혼자 한국에 들어오게 되었습니다. 달랑 혼자된 느낌이었습니다. 우주 미아가 된 듯했습니다.

전학 첫날, 손을 내밀어 제게 악수를 청한 분이 지킴이실의 아저씨였습니다. 너무나 따뜻했습니다. 당신도 올봄에 온 신입이라고, 같이 잘해 보자고 하셨지요. 교무실을 안내해 줬고, 크고 작은 잦은 택배로 아저씨께 신세를 많이 졌는데도 한결같이 따뜻하고 친절했습니다.

아저씨의 해고 철회와 복직에 먼저 나선 후배들이 자랑스러웠습니다. 그 후배들에게 부끄럽지 않은 선배가 되고 싶습니다. 지킴이아저씨의 해고 철회를 지지하며 강력히 복직을 촉구합니다.

설마, 강준이 강토인 걸까? 강준의 성명서를 들으며 온조는 전화기 속에 흘렀던 강토의 목소리를 떠올렸다. 거기에다 강토네 가족의 불화가 자연스럽게 따라왔다. 어제 이현에게서 강준에 대한 말을 들었을 때도 얼핏 스쳤지만 에이 설마, 하며 생각을 접었다.

순간, 귓속에서 삐이— 하는 이명이 생기는 것 같았다. 그런 뒤 진공상태가 된 듯 아무 소리도 들리지 않았다. 휘청, 어지러웠다. 뭐라고 표현할 수 없는 이상한 기분이 들었다. 그렇다면 어째서 강토라고 밝히지 않았을까. 온조 자신만 모르고 있었다는 생각이 들자 기분이 걷잡을 수 없이 나빠졌다.

노랗다 못해 하얗게 해쓱해진 온조의 얼굴을 보고 난주가 왜 그러냐고 속삭였지만 대답할 수 없을 만큼 정신을 차릴 수 없었다. 확인하고 싶기도, 그렇지 않기도 했다. 뭔가 확실해지는 게 두렵기도 했다. 이현은 뭔가 아는 눈치였는데. 정이현과 합세한 그 둘에게 기만당한 기분까지 들었다. 온조의 어중간한 마음에 대한 두 사람의 보복 같다는 생각까지 이르렀다.

교장 선생님이 나서서 학교 입장을 발표하였다. 재학생과 졸업생, 학부모님의 뜻은 충분히 알았다, 학교 직원 해고 문제는 학교의 권한이 아니며 상위 기관인 교육청 소관이고 학교는 이행 기관일 뿐이라고 말했다. 그럼에도 학교에서 상위 교육기관에 이의 제기를 하지 않은 건 여기 모인 여러분께 죄송스러운 일이라는 것, 특히 재학생들에게 낯을 들 수 없음을 자각하고 있다고 했다. 최선을 다해서 상위 기관과 정부에 요청하여 복직할 수 있는 방법이 있는지 알아보고 있으니 조금만 기다려 달라, 여기 모인 여러분 앞에서 약속하겠다며 자세를 한껏 낮췄다.

온조의 귀에는 아무 소리도 들리지 않았다. 교장 선생님의 말도 웅웅거리는 소음처럼 들렸다. 정이현도, 그 옆에 아무렇지도 않게 서 있는 이강준도 꿈속처럼 현실감 없게 보였다. 그렇다면 정이현은? 누구보다 이강준과 연락을 많이 한 것은 정이현이었다. 이제껏 온조가 알던 정이현이 아닐지도 모른다는 두려움이 엄습했다.

시위가 끝나자 온조는 경직된 얼굴로 이현과 강준 옆을 지나 교실로 향했다. 난주가 이현과 무어라 얘기를 하다가 황급히 뛰어오며 온조를 불렀지만 온조는 뒤돌아보지 않고 운동장을 가로질러 걸었다. 아무도 보고 싶지 않았고 아무 말도 하고 싶지 않았다. 엉망진창으로 얽혀 버린 실뭉치가 된 기분이었다.

비가 쏟아지는 숲속의 비단

비가 내렸다. 엄청나게 쏟아졌다. 토요일 오후, 숲속의 비단에 가기로 약속된 날이다. 이현이 버스에 올랐을 때 먹장구름이 저 멀리서 진격해 오듯 다가왔다. 버스는 마치 비를 맞이하러 가는 것처럼 먹구름을 향해 달렸다. 길가의 풀들이 빗방울에 푹푹 꺾였다.

이현은 지난번, 숲속의 비단에 다녀온 뒤, 란에게 메일을 보냈다.

지난번, 아버님께는 책을 읽어 드리지 못했습니다.
말씀을 나누고 싶어 하시더군요. 그래서 화단 얘기, 강아지 세 마리와 고양이 두 마리 이야기, 해바라기와 나무 이야기를 나누다가 왔습니다.
살아 있는 것과 살아가는 것의 차이를 물어보셨는데 대답하지 못했습니다.

부탁하고 싶은 게 있다고 했는데 차마 말씀을 못 하시더군요. 더 이상 여쭙지는 못했습니다. 아니, 하지 않았습니다. 제가 짐작한 말이 나올까 봐 무섭고 두려웠습니다. 좀 당황스러웠습니다. 그간 아버님께 이상한 느낌은 없었는지요.

의뢰인께서 굳이 시간을 파는 상점을 찾은 이유가 무엇일까, 생각해 보았습니다.

특별히 낯선 사람이 필요했던 건 아닌가 싶었습니다. 제가 생각했던 것보다 특별한 상황이라는 생각이 들어 두려웠습니다. 행여 아버님께 무슨 일이 생긴다면, 그 일이 제가 같이 있을 때 벌어진다면 말도 안 된다는 생각이 들어 무척 당황스럽고 언짢기도 했습니다. 자세한 내막을 말씀해 주실 수 있는지요. 그래야만 두 번째 방문도 가능할 것 같습니다.

란에게 곧 바로 답장이 왔다.

그렇지 않아도 행여 아버지가 이상한 부탁을 하더라도 들어주지 말라는 말을 할까 말까 몇 번이고 망설였습니다. 혹여 의뢰를 받아 주지 않으면 어쩌나 하는 걱정이 앞섰고요. 아버지 상태를 보셔서 알겠지만 형벌과도 같은 삶을 살고 계시다고도 볼 수 있습니다. 계속 우리 곁에 있길 바라는 마음은 누구를 위해서인가, 저 스스로 물어볼 때도 많습니다. 그래서 아버지께 무척 죄스럽기도 합니다.

아버지가 남모르는 사람한테까지 그런 부탁을 하리라고는 생각지 못했습니다. 아버지도 저나 어머니께 부탁을 하기에는 더욱 잔인한 일이어서 그랬겠지요.

제가 다쳐서 이번 방학에 집에 가지 못한 것은 사실입니다. 그렇지만 외려 잘됐다는 생각이 들기도 했습니다. 작년부터 아버지는 부쩍 애원하듯 자신을 그만 보내 달라고 말씀하셨습니다. 그 또한 저에게 잔인한 일이라는 것을 모르지 않겠지요. 어쩌면 아버지는 가장 잔인한 방법을 선택한 건지도 모르겠습니다. 엄마한테는 절대 비밀이라면서요.

시간을 파는 상점에 의뢰를 하게 된 것은 아버지의 시간 때문이었습니다. 언젠가 제가 물어봤습니다. 언제가 가장 행복한 기억으로 남았냐고. 엄마를 처음 만났을 때나, 내가 태어났을 때이지 않을까 했는데 전혀 의외의 대답이었습니다. 가장이 되었을 때는 외려 당신을 쪼개어 여러 몫을 해내야 하는 무거움과 부담감이 컸다고 하더군요. 아버지는 고등학교 때의 자신을 가장 오래 기억했습니다. 어린아이도 아니고 어른 대접을 받지 못하는 어중간한 상태였지만 자기 자신으로 오롯했던 시절로, 가장 충만한 시간을 보냈다고 하더군요. 어쩌면 가장 특별하지 않은 때여서 가장 특별한 때인지도 모르겠다는 말을 했습니다. 이 우주 속에 한 생명체로서 인지되던 그 시절을 가장 인상 깊게 생각했고 생명의 활력으로 꽉 차 있어서 무엇이든 할 수 있는 가능성의 문이 열려 있는 것 같아 세상이 다 당신 것 같았다고 했습니다. 당신도 의외라고 말했습니다. 지금에서야 드는 생각이지, 그 당시는 견디기 힘든 시간이었다고 했습니다. 그런데 아주 순식간에 지나간 것 같다고. 왜 모든 그리운 기억들은 저 멀리 아스라이 멀어지고 고통스러운 기억은 어제 일처럼 선명한지 모르겠다고 하더군요.

그래서 저는 아버지가 빛나던 시절을 회상할 수 있고 되돌아볼 수 있는 계기를 마련해 드린다면 마음을 달리 먹지 않을까 생각했습니다.

상점을 꾸리는 멤버들의 프로필을 보면서 깜짝 놀랐습니다. 특히 네곁에 님(이현)의 모습은 무척 낯이 익었습니다. 앨범 속, 아버지의 학창 시절 흑백사진과 비슷했습니다. 아, 오해하지 마시길, 분위기 면에서 말입니다. 네곁에 님에게는 거부감이 드는 말일 수도 있지만 아버지와의 만남이 이루어진다면 아버지에게 좀 더 살고 싶은 의욕을 줄 수 있지 않을까 싶었습니다.

사정을 미리 말씀드리지 못해 미안합니다. 간절함에서 시작된 일이기에 먼저 말씀드리기보다 기회를 엿보다가 늦었다고 너그러이 이해해 주시길요.

실낱같은 희망이 될지라도 아버지의 생명이 좀 더 빛나는 순간으로 남길 바라는 마음뿐입니다. 너무 무겁고 어려운 부탁인 줄 압니다. 네곁에 님의 모습 자체로 아버지께 좋은 에너지를 줄 수 있다고 봅니다.

고맙습니다.

비를 머금은 숲은 툭툭 빗방울을 위에서 아래로 떨어트렸다. 나뭇잎은 말갛게 씻겨 물기로 반들거렸다. 세상이 다시 윤이 나기 시작했다. 무더위 속 초록으로 지쳐 가던 마을이 비에 분주해지며 다시 살아나는 것 같았다. 마을 옆으로 비켜 흐르는 좁다란 내는 물이 콸콸 부서지며 굽이쳤고 발목에 닿는 젖은 풀의 축축함이 시원하게 느껴졌다. 빗소리가 사방을 꽉 채우고 비는 사선으로 하늘과 땅 사이를 메웠다. 비에 젖은 풀내와 땅내가 하늘과 땅 사이에 가득했다.

마을에는 아무도 눈에 띄지 않았다. 지난번 고목처럼 깨밭 그늘에 앉아 있던 할아버지도 보이지 않았다. 초록과 초록 위를 적시는 비와 먹구름 낀 하늘과 땅 사이 빗금을 그으며 내리는 비만 있을 뿐이다.

숲속의 비단 정원은 어떻게 변했을까.

저만치 해바라기 대문이 보였다. 해바라기는 고개를 푹 숙인 채 하늘을 무겁게 이고 있다. 노랗게 빛났던 꽃잎도 얼굴에 달라붙었다. 모가지도 길고 다리도 길어서 슬픈 해바라기 같다. 해바라기 머리 위로 흐르는 구름은 여전히 많은 비를 머금은 듯 잿빛이다. 창문이 열렸다면 아저씨도 저 구름을 볼 것이다. 정원으로 들어서자 풀 냄새가 더욱 요란했다. 싱그럽다. 운동화 위로 모래가 튀어 지저분해졌는데도 그리 기분 나쁘지 않았다.

마당 가운데 연못에는 물이 가득 고였다. 지난번 허옇게 말라 더위에 지쳐 가던 풍경과는 사뭇 달랐다. 연못 가운데 있는 부들과 창포도 흠씬 빗물을 머금고 싱그럽게 서 있다. 후두두둑, 마당 안의 모든 나무들이 지난번과는 다르게 높낮이에 맞춰 빗방울 연주를 하고 있다.

단풍나무가 즐비한 계곡에서는 폭포 소리가 났다. 굽이쳐 흐르는 물줄기는 하얀 포말을 일으키며 계곡을 내달렸다. 소리가 제법 우렁찼다. 계곡은 이제야 본연의 모습을 찾은 것 같았다.

세 마리의 개와 두 마리의 고양이는 비를 피해 처마 아래 앉아 있다. 최대한 몸을 작게 말아 비를 관조하는 눈빛으로 허공을 응시하고 있다. 이현을 보자 그 자리에서 꼬리만 살랑살랑 흔들었다.

이현이 우산을 접고 현관문을 두드리기 위해 뜨락에 올라섰을 때 안에서 격하게 울부짖는 소리가 들렸다. 심장이 툭 떨어졌다. 이현은 그 자리에 멈춰 섰다. 아주머니 목소리다.

"당신이 뭔데 내 인생을 이렇게 비참하게 만들어요. 이제껏 나를 그렇게밖에 생각하지 않았다는 게 참 놀랍네요. 당신이 건강했을 때도 그렇지 않을 때도 당신을 사랑하지 않은 적이 없어요. 다 내 인생이거든요. 어떻게 당신이 좋을 때만, 건강할 때만 당신을 사랑했다고 생각하세요?"

아주머니가 잠시 말을 멈췄다. 빗소리와 마당 옆 계곡에서 굽이쳐 흐르는 물소리가 허공을 가득 메웠다. 아저씨는 한 마디도 없다. 어쩌면 울고 있을지도 모른다.

"내가 당신을 위해 희생하고 있다고 생각하는 건 당신 착각이에요. 나는 그냥 내 인생을 살아가는 것뿐이에요. 당신이 곁에서 이렇게 견뎌 주고 있는데 내가 할 수 있는 건 오히려 아주 보잘것없는 거예요. 내가 얼마나 행복하게 재봉질을 하고 당신을 위해 음식을 만들고 하루하루 시간을 보내는지 모르죠? 이런 상황에서 내가 할 수 있는 최선의 것을 하고 있어요. 당신의 이런 말이 내 삶을 얼마나 보잘것없게 만드는지 알아요?"

아저씨는 여전히 한 마디도 하지 않았다.

"내가 누군가를 위해 희생하는 것이 아니라 그냥 이게 내 인생이라서 나는 그냥 살아가는 것뿐이에요. 란이를 멀리 보낸 것도 그렇게 애달파할 게 아니에요. 왜 그것도 당신 탓이라고 생각해요? 란이에게 더 좋은 기회를 준 건지도 몰라요. 란이도 그렇게 얘기하고요. 이렇게 떨어져 사는 게 우리의 운명이라면 그것도 나쁘지 않아요. 그 자체로 각자의 인생을 사랑하면서 살아가면 되는 거니까요. 어디에 있든 어떻게 살든 그건 중요하지 않아요. 중요한 건 자신의 삶을 얼마나 사랑하느냐, 하는 거예요. 그 사람의 인생이 행과 불행으로 갈리는 건 그 차이에서 오는 거라고 당신이 내게 해 준 말 기억 안 나요?"

아주머니의 목소리는 잦아든 듯했다. 빗줄기도 점차 가늘어졌다. 구름이 빠르게 하늘을 지나고 있다.

"희생? 왜 그런 말로 내 인생을 부차적인 거로 만드세요. 희생이라는 말이 진짜 희생일까요? 그 또한 자신이 선택했으면서 결과를 다른 사람 탓으로 돌리는 말이지 않을까요? 나는 그러고 싶지 않아요. 내가 내 삶을 더 사랑하고 격을 지키며 살 수 있도록 당신이

도와주셔야 해요. 당신이 내 곁에 있어 줘야 가능한 일이기도 하고요. 조금만 더, 내 곁에 있어 주면 안 돼요?"

빗줄기가 가늘어지고 바람이 불었다. 키 큰 나무의 이파리가 바람에 일렁였다. 이현은 뜨락에 쭈그리고 앉아 바둑이를 쓰다듬고 흰둥이를 만지고 누렁이의 목덜미를 쓸어 주었다. 갈색과 검정색이 아주 매력적으로 섞여 있는 고양이는 등을 쓰다듬자 배를 뒤집어 보이며 더 예뻐해 달라고 하는 것 같았다. 어떤 때는 길게, 어떤 때는 아주 짧게 야옹거리며 이현에게 말을 거는 것 같았다. 참 영리한 고양이다.

재봉틀 소리가 나기 시작했다. 아주머니가 작업을 시작한 것 같았다. 이현은 현관문을 두드렸다.

문이 열렸다. 이현은 아주머니와 마주치는 게 좀 어색했다. 아주머니도 방금 전의 감정이 아직 추슬러지지 않았는지 시선을 피했다.

"안녕하세요?"

"어서 와요. 비가 이렇게 많이 왔는데, 미안하게. 아이구, 옷 젖은 거 좀 봐."

등 뒤와 한쪽 어깨가 축축했다. 아주머니는 마른 수건으로 물기를 닦아 주며 말했다.

여전히 재봉틀과 재단대 위에는 옷감이 수북했다. 아주머니는 나무 스툴을 내주며 앉으라고 했다. 내실 문은 굳건히 닫혀 있다.

"잠깐 여기서 앉아 있어요."

일정한 패턴으로 마름모꼴의 정리함에 쌓아 올린 실 꾸러미는 하나의 예술품 같았다. 아주머니는 색색의 실 꾸러미만큼이나 생각의 갈래들이 많을 것 같았다. 재봉틀에 간간이 기름을 치고 드륵드륵 드르르륵 네 박자로 정교하게 반복되는 재봉질 소리에 아주머니의 시간이 들어 있다. 누구를 위한 희생도 누구를 위한 삶도 아닌 오롯이 자신만의 삶으로 가져오는 시간. 저 반복이 끝났다는 건 삶이 끝났다는 것. 살아 있는 것과 살아가는 것의 차이는 반복되는 일상 속의 정교한 자신만의 소리를 지속하는 것과 그렇지 않은 것이지 않을까.

아주머니는 이슬방울이 맺힌 유리잔에 붉은빛이 도는 음료를 이현에게 건넸다.

"들어요. 우리 집 마당이 우습긴 하지만 거기서 제법 많은 열매들이 달려요. 산수유 열매와 매실을 발효시켜 담근 거예요."

아주머니는 재봉틀 앞에 있던 의자를 끌어와 앉았다.

"저 양반이 지난번에 학생을 본 게 무척 좋았나 봐요. 일주일 내내 기다렸어요. 학창 시절이 생각나기도 하고 건강했을 때의 모습도 떠올랐나 봐요."

아주머니가 말을 마치며 희미하게 웃었다.

"오늘 아침 란이 전화를 받았어요. 제 아빠를 많이 걱정하면서 학생에게 무척 미안했다고 하더군요."

"아, 네."

방금 전 언성을 높이며 아저씨와 이러저러한 이야기를 나눈 건, 그러니까 란의 전화를 받고 난 뒤 일 것이다. 아저씨를 어떻게 봐야 할까. 두려움이 덮쳐 왔다. 갑자기 용기가 사라지는 것 같았다.

"아저씨께서 아무한테도 말하지 말라고 했는데요."

"아, 걱정 말아요. 내가 충분히 얘기했어요. 어린 친구에게 어른이 그렇게 떼를 부리고. 그것도 감당할 수도 없는 거를요. 미안해요. 내가 대신 사과할게요. 그럼에도 불구하고 이렇게 와 준 거에 대해 고맙다는 말밖에 나오지 않네요."

비가 그치자 아주머니는 현관문을 활짝 열었다. 이현은 느릿하게 흘러가는 구름과 하늘거리는 꽃대궁과 느리게 곁을 맴도는 세 마리의 강아지와 두 마리의 고양이를 보며 생각했다. 때가 되면 돌고 돌아 사계절의 구획을 보여주는 자연의 이치와도 같은 것이 아닐까. 한 번도 어긴 적이 없는 엄연한 반복. 조금씩 달라지긴 하지만 계속되는 반복. 한 번도 같은 적이 없는 반복의 차이. 그것이 우리가 살아가는 모습이 아닐까 생각되었다.

비가 그친 뒤 습한 땅 냄새와 숲이 뿜어내는 싱그러운 냄새가 바람에 묻어왔다. 바람 속에 또 하나의 계절이 지나고 있다. 어제와는 다른 오늘이다. 겨울에서 봄으로 가는 동안 해가 하루에 2분씩 늦게 지는 거처럼. 시나브로 해가 일찍 뜨고 일찍 지는 거처럼 우리가 모르는 다름이 분명히 있을 것이다.

이현이 재봉틀을 바라보았다. 아주머니는 무연히 말을 이었다.

"나를 제일 많이 붙잡아 준 것은 저 재봉틀이었는데. 마음이 유난히 심란한 날은 재봉틀을 손에 잡는 순간 그런 잡스러움이 사라졌거든요. 나한테는 무척이나 고마운 물건이지. 일이 어떤 때는 구원이기도 하죠. 시간을 견딜 수 있게 해 주니까. 또 내가 만든 옷을 받아 들고 환하게 웃는 손님들 얼굴 생각하면 고달픔이 사라졌거든요."

같은 재봉틀 소리였지만 아저씨와 아주머니가 생각하는 것은 달랐다. 같은 말이라도 해석이 다른 거처럼, 입장에 따라 다르게 받아들이는 것처럼.

"저 양반 귀에 재봉틀 소리가 들리게 하는 것도 나쁘지 않다고 봤어요. 재봉틀 소리가 들리면 나를 부르지 않거든. 어떤 때는 재봉틀을 켜 놓고 나가기도 했어요. 그 소리를 들어야 안심이 되나 봐. 처음엔 늘 나를 소리쳐 불렀어. 자네 거기 있는가? 자네 거기 있는 거지? 자기를 두고 떠날까 봐, 무척 두려워하는 것 같았어요."

살아간다는 건 그 속에서 줄타기하듯 균형을 잘 잡는 것이란 생각이 들었다. 객관적 거리를 잘 유지하며 어느 한쪽으로 치우치지 않도록 늘 의심해 보는 것.

"오늘은 짧게 하시게. 학생이 힘들면 안 되니까. 오늘 아저씨 컨디션이 안 좋을 수도 있으니."

아주머니가 내실 문을 조심스럽게 열어 주었다.

비가 온 뒤라 그런지 시큼한 약 냄새가 습하게 묻어났다.

"아, 안녕하세요?"

"왔나? 반갑네."

아저씨 목소리는 지난번보다 더 밝아 보였다. 방금 전 아주머니와 심각한 얘기를 주고받은 게 맞나 싶기도 했다.

"비가 멎은 모양이야."

"네, 제법 많이 와서 버스 타고 올 때는 앞이 보이지 않을 정도였어요."

"나무들이 좋아하겠구만. 요즘 통 가물었는데. 마당의 연못에도 계곡에도 잔치가 벌어졌겠구만. 봄에는 연못이 산부인과야. 도롱뇽도 거기서 알을 낳고 연꽃수조에는 개구리가 알을 낳고. 봄을 거기서 나지. 이번 여름 내내 하얗게 말라 있을 거란 생각이 들어서 내 마음도 하얗게 타는 것 같았는데."

아저씨는 옛일을 추억하듯 아스라한 눈빛으로 말했다. 아저씨를 밖으로 옮길 수만 있다면. 아저씨가 직접 마당으로 나가서 그동안 돌봤던 나무와 화초를 보는 것도 좋을 것 같았다.

"밖으로 나가고 싶지는 않으세요?"

아저씨가 이현을 향해 고개를 돌렸다.

"힘들 거야. 밖에 나가 본 지 꽤 되었네. 전에 마비가 심하지 않을 때는 종종 도움을 받아 움직였는데. 그때 집사람도 그렇고 도우미도 그랬고 여간 힘들어하는 게 아니었어."

알고 싶은 게 있고 궁금한 게 있으면 삶의 의지가 있는 거라고
했다. 아저씨를 마당으로 모시고 나가는 방법을 생각해 보는 게
좋을 것 같았다. 방 안을 둘러보았다. 이동에 필요한 도구는 보이
지 않았다.

"저, 휠체어나 이동 침대 같은 거 사용하면 가능하지 않을까요?"

"힘들어. 내가 미안해서 저 사람한테 밖에 나가고 싶지 않다고
했어. 나를 부축하다가 어깨와 손목이 늘어져서 한동안 일을 하지
못할 때도 있었어."

아주머니께 여쭤봐야겠다는 생각이 들었다.

"생각해 주는 마음만 받겠네."

날이 개고 해가 나왔다. 오후의 햇살이 방 안으로 들어왔다. 침대
벽면이 창문 모양의 조각 빛으로 환했다.

"지난번에는 미안했네. 내 사과함세. 오늘은 책을 읽어 줄 수 있
나?"

탁자 위에는 책이 한 권 놓여 있다. 이현은 책을 읽기 시작했다.

"그만, 그만하게."

아저씨는 싸늘히 식은 표정으로 말했다.

"더 이상 망설이지 않겠네. 그럴수록 내가 더 미안해지니까, 누
구한테든."

"……."

무슨 말을 하는 건지 모르겠어서 이현은 책을 든 채 아저씨를

보았다. 아저씨의 눈빛이 결연히 빛났다.

"맨 오른쪽 밑에서 두 번째 칸, 푸른빛 커버로 된 책이 보이나?"

"아니요, 안 보이는데요."

이현이 허둥지둥 의자에서 일어서며 말했다. 무엇이 되었든 안 보이길 빌었다. 그래서 아저씨가 원하는 걸 이현이 맡지 않기를 빌었다. 이현이 책장으로 다가섰다.

"거기, 거기 말이야. 그 속에 편지 한 장이 들어 있네."

편지라니. 아저씨가 부탁하고 싶은 게 편지를 찾아 달라는 거였다고?

"그 편지를 영어로 써서 거기 적혀 있는 주소지로 보내 주게나."

사실은 아저씨가 책 표지를 설명할 때 그 많은 책 속에서 한눈에 들어왔다. 놀랍게도, 신기하게도, 야속하게도.

"내가 완전히 눕기 전까지 고쳐 쓰고 또 고쳐 쓴 편지라네."

편지를 쓰는 동안 해바라기가 창 밖에서 지켜보았고, 방충망 틈으로 잠자리가 엿보았을 터이고 바람도 슬쩍 창턱을 넘어서 불었을 것이다. 하늘도 구름도 쪽창으로 아저씨의 마지막 말을 물끄러미 바라보았을 것이다. 아저씨의 귀에는 늘 그랬던 것처럼, 규칙적인 재봉틀 소리가 들렸을 테고.

"이제 거기에 편지가 있는 건 자네만이 아는 비밀이네."

"……."

이현은 아무 대답도 하지 않았다. 편지를 쓰는 아저씨 모습이 눈에 선하게 그려져 가슴이 먹먹해져 왔다.

"왜, 나는 죽을 권리도 없어야 되는가. 나도 내 죽음을 선택할 권리가 있어야 하는 거 아닌가. 더 이상 내 존엄을 훼손시키고 싶지 않네. 인간으로서 최소한의 격을 지키고 싶네."

이현이 책꽂이에서 책을 꺼내 들었을 때, 돌이킬 수 없는 시간이 지나고 있다는 것을 알았다.

"내가 이 세상에 하는 마지막 부탁이니 거절하지 말아 주게."

"여기가 어디인가요?"

이현이 책갈피 사이에서 편지를 꺼낸 뒤 쓰여 있는 주소를 보며 물었다.

"스위스."

"잠깐만요."

이현은 주소지를 검색해 보았다. 존엄사, 안락사, 죽을 권리 등등이 태그되어 있다. 손가락 끝이 파들파들 떨렸다.

"중간고사도 있고요, 기말고사도 있고요, 간간히 쪽지시험도 있어서 언제 할 수 있을지는 모르겠어요. 제가 조금 있으면 고3이거든요."

"허허허, 몇 년을 기다렸는데 그거 못 기다리겠나."

내실 문이 열리고 아주머니가 들어왔다. 이현은 빠르게 가방 속에 편지를 넣었다.

"오늘은 짧게 하세요. 아까 나와 얘기를 나누는 바람에 시간을 많이 썼어요. 곧 막차 시간이에요."

"......."

아저씨는 아주머니의 말에는 대꾸가 없다가 이현이 일어서는 것을 느끼자 고개를 돌리며 말했다.

"잘 가게."

아저씨의 눈빛에서 간절함이 읽혔다. 아저씨의 눈이 너무 슬퍼 보이기도, 두려워 보이기도, 막막해 보이기도 했다.

이현은 말없이 고개 숙여 인사한 뒤 내실을 나왔다. 아주머니는 또 하나의 쇼핑백을 건네주었다.

"집에서 편하게 입어요. 저번에 준 반바지와 한 벌로 입어도 되고. 입어 보면 시원해서 자꾸 찾게 될 거예요."

"아, 네."

옷을 받는 것도 기쁘지 않았다. 그러고 보니 반바지를 한 번도 입지 않았다.

"입으면 편할 거예요. 품을 넉넉하게 잡았거든요."

이번엔 이현의 몸에 맞춰 일부러 지었단 얘기이다. 동네 어른들이 여름을 시원하게 났으면 싶은 마음에 옷을 만들기 시작했다는 란의 편지가 떠올랐다. 가을이 되면 문간에 쌓여 있던 먹거리까지, 직접 본 듯 그림이 그려졌다.

"잘 입겠습니다."

이현이 형식적으로 답하며 현관으로 나섰다.

"힘들죠? 힘들면 그만 와요. 얼굴이 핼쑥해요."

"아니에요."

이현은 애써 표정을 가다듬으며 마당으로 나섰다. 강아지 세 마리와 고양이 두 마리가 느린 걸음으로 따라나섰다. 고양이는 이현의 발걸음에 맞춰 다가왔다. 말을 걸 듯 한 번은 길게 한 번은 짧게 앙증맞은 울음소리로 뒤따랐다. 고양이가 괜찮냐고, 괜찮은 거냐고 묻는 것 같았다. 이 편지를 가지고 이 집을 나서는 게 맞는지 모르겠다. 걸음걸이마다 물었지만 대답은 나오지 않았다. 세 마리의 개와 두 마리의 고양이가 삽짝까지 따라 나왔다.

굵은 빗방울에 쓰러진 화초 대궁도 많았고 주목이나 소나무, 향나무, 사이프러스에는 덩굴식물이 휘감아 실타래를 뒤집어쓴 것처럼 보였다. 가위손아저씨가 떠올랐다. 가위손이라면 기꺼이 나서줄 것이다. 숲속의 비단 아저씨를 마당으로 나오게 할 수 있는 방법도 아주 쉽게 알려 줄지도 모른다. 어떻게든 시간을 벌어야 한다.

이현은 풀잎에 묻어 있는 빗방울을 손가락으로 훑으며 오솔길을 내려갔다. 손가락에 닿는 빗방울이 차가웠다. 오솔길을 돌아 나와 푸른 벌판이 보이자 이현은 크게 숨을 뱉었다. 이제야 숨통이 틔는 것 같았다.

저만치 버스가 둥그런 반원을 그리며 도시로 나갈 준비를 하고 있다.

시간 상장, 시간 거래소

시간을 상장하고, 누군가를 위해 시간을 쓰면 봉사 점수는 줄 수 있느냐, 쓴 시간만큼 돈으로 환산해서 받을 수 없느냐는 등 문의가 많았다.

온조는 댓글을 달았다. 시간을 파는 상점을 통해 팔 수 있는 것도, 살 수 있는 것도, 대가도 오로지 시간이 매개라고 답했다.

어느새 시간 상장방에 여러 가지 일이 쌓였다.

—감성 촉촉 첼로를 연주해 줄 수 있어요.

—즐거운 환기, 마술을 할 수 있음.

—녹음도서 낭독봉사.

—얘기를 잘 들어주는 귀를 가지고 있음.

―정리의 달인. 공부는 집중력, 집중을 방해하는 건 주변 정리가 안 되었기 때문.

―수학, 맡겨 줘. 해결해 줄게. 초등 환영.

―숨이 막힐 때, 주문 거는 비법.

　　·
　　·
　　·

시간 상장에 탑재된 내용을 보며 다양해서 놀라고 많은 사람들이 나누고 싶어 한다는 것에 또한 놀랐다. 장이 서길 기다렸다는 듯이 상장 목록이 활발하게 올라왔다. 자기의 시간을 광고하듯 기발하고 명랑한 문구로 어필하는 것도 좋았다. 상점은 사람들의 활기로 가득 찬, 오프라인 시장 같았다.

토요일 오전, 난주가 과외를 끝내고 짬을 내어 온조를 찾아왔다. 핫도그와 떡볶이 등등을 사 들고.

"왜 그래? 전화기도 꺼 놓고. 너 뭔 일 있는 거지? 지난번 시위 이후인 것 같은데."

온조는 강토와의 만남이 불발됐을 때 들었던 찜찜함과 이강준을 처음 봤을 때, 당황스러움의 이유를 어렴풋하게 짐작할 수 있었다. 퍼즐의 아귀가 들어맞는 듯한 느낌이었다. 온조는 그날 이후 어떤 확인 절차도 밟지 않았다. 그냥 시간을 견디는 중이다. 난주에게도 털어놓을 수 없는 찜찜함은 무엇일까. 그래서 확인하는 시간을 미루고 있는지도 모르겠다. 사실은 기대하며 상상했던 것이 깨지는 것을 유보하고 싶은 건지도 모른다.

온조는 머리채를 흔들며 환기시키려 애썼다.

"홍난주, 너 혹시…… 시간 상장에 탑재한 거 있니?"

온조가 노트북 화면으로 시간 상장방을 보며 물었다.

"야, 넌 내가 묻는 말에는 대답도 않고. 무슨 일 있냐니까? 학교에서 시위 때문에 뭐라고 그래? 아님 불곰 샘이 뭐라고 해?"

"없어. 해고 반대 시위는 이제 개인에게 책임을 물어서 될 일도 아니야. 학부모들도 나섰지, 전국의 여론이 지켜보고 있지. 학교나 교육청이 바보가 아닌 이상 뭔가 방법을 찾을 거라고 하더라고."

"누가 그래?"

"엄마랑 불곰 샘이랑. 그만 물어봐. 취조하는 것도 아니고. 아직 공식적인 소식이 아니라 상점이나 페북에 올리면 안 되는 거 알지?"

"그래, 잘됐다. 근데 기분이 왜 그러냐고?"

"아냐, 그냥 다운되는 것뿐이야. 그동안 긴장을 많이 했나 봐, 나도 모르게. 시간 상장방에 탑재한 거 있냐고?"

온조는 노트북 화면을 다시 들여다보며 물었다.

"으응? 왜?"

난주는 핫도그를 한 입 베어 물다 멈칫했다.

"꼭 너 같은 애가 올린 것 같은 분위기를 풍기는 게 있어서."

"헐, 귀신."

입가에 하얀 설탕과 케첩을 묻힌 채 난주가 말했다.

"그렇지 않아도 우리가 할 수 있는 것을 올려 보자고 하려 했는데. 오구오구 기특해라."

온조가 난주의 어깨를 토닥거리며 말했다.

"근데 어떻게 알았어? 백온조, 너 내 아이디도 모르잖아."

"야, 딱 티 나. 그 정도도 너를 모르면 니 친구가 아니지. 아이디하며, 상장 내용까지."

"어쭈, 나를 좀 안다 이거지? 딴 데 헛다리 짚은 건 아니겠지? 너 틀렸음 이거 하나도 못 먹을 줄 알아라."

난주가 앞에 있던 튀김과 순대, 떡볶이를 뒤로 감추며 말했다.

"네 아이디, 네 눈앞에 있잖아. 하하하."

"하하하, 그러네."

난주는 새삼스럽게 자기가 사 온 것을 들여다보며 소리 나게 웃었다.

"인생은떡튀순 님, 정리의 달인 맞지? 하하하."

온조는 난주의 등 뒤에서 핫도그를 꺼내 베물었다.

"오~ 호호호."

난주의 최애 음식은 떡볶이 국물에 순대와 튀김을 찍어 먹는 거다. 난주는 이때가 가장 행복하다고 했다. 외국의 한 운전자가 다리 위에서 뛰어내리려는 남자를 보고 다급한 나머지 "맥주 코

올—?"이라고 외쳤다. 죽더라도 시원한 맥주 한잔은 하고 가라는 뜻으로 외친 말이었다. 그 말에 그는 다리 난간에서 "콜—"이라고 답하며 운전자와 함께 맥주를 마시러 가는 동안 마음을 바꿨다는 해외 토픽이 있었다. 그때 각자의 '최애 음식'을 뽑아 보자고 했을 때 난주는 떡튀순이었다.

난주는 누구보다 정리를 잘한다고 초등학교 때부터 칭찬을 받았다. 학교의 비품과 게시판 정리도 솜씨 좋게 하는 것으로 선생님마다 혀를 내두를 정도였다. 정리하다가 지쳐서 잠을 자는 통에 공부가 뒤로 밀려서 안타까웠지만.

"야, 떡튀순, 시간 상장에 올라온 걸 보면 어떤 사람이 뭘 잘할 수 있는지도 보이지 않냐?"

온조는 시간 상장에 올라온 리스트를 난주에게 보여 주었다.

"그러네, 자기가 가장 잘할 수 있는 걸 나눌 수 있다는 거잖아. 잘하기도 하지만 성향에도 맞는 걸 하는 거잖아. 답 나오네. 신기하다."

"넌 맨날 뭘 하면 좋을지 모르겠다고 했는데, 이거네. 정리의 달인. 요즘 정리하는 직업이 대세잖아. 미니멀리즘으로."

난주의 낯빛이 환해졌다.

"요즘 특히 우리들 보면 정말 정리를 못하거든. 엄마들이 아이들 방은 아예 문을 닫아 놓는다고 하잖아. 그야말로 정리의 개념이 전혀 없는 거지. 나부터. 크크크."

"헉, 이렇게 많은 사람들이 들어올 줄은 몰랐네."

난주가 시간 상장에 올라온 목록을 보며 놀라워했다.

"좀 책임감 같은 게 느껴지십니까?"

"장난 아닌데."

난주는 화면에서 눈을 떼지 못했다.

"크로노스 님, 오혜지 고 싸가지는 어떻게 된 거야? 무임승차야? 고건 분명 시간 상장에 올리지도 않았을 거야."

난주는 여전히 혜지가 못마땅하다. 지난번에 어느 정도 혜지에 대한 오해가 풀렸으리라고 생각했는데 그렇지 않은 모양이다.

"님아, 가네샤 님은 벌써 의뢰인의 부탁을 해결하러 가셨네. 한 발 늦은 건 님이셔요. 하하하."

"뭐? 뭐라고? 그게 무슨 말이야? 혜지가 벌써 미션을 수행하러 나갔다고? 어째서 혜지야? 어째서 고 싸가지가 나보다 먼저 나갔냐고?"

"워워워, 진정하셔. 그렇게 뿔난 망아지처럼 날뛰지 말고."

"내가 지금 진정하게 생겼냐? 하여간 정이현, 백온조 너 정말 마음에 안 들어. 그런 결정을 왜 너희 둘만 하는 건데?"

"일단 함께 상의할 시간이 없었고 혜지가 먼저 의뢰 내용을 보고 자기가 하겠다고 나선 거야."

"뭐, 뭔데?"

"수학 가르치는 일."

"뭐? 수, 수학? 가르치는 일?"

난주의 목소리가 슬금슬금 작아졌다.

"왜, 지금이라도 해결사를 바꿔 줄까? 홍난주로? 호호호."

"너, 나 지금 무시하는 거지? 이게 어디서? 콱."

난주는 주먹을 들어 보이며 한 대 칠 기세였다.

"무시하는 게 아니고 현실을 냉정하게 보고 판단하자는 거지, 크크크. 난 틀리지 않았다고 봐. 리더 정이현 님의 혜안이기도 하고."

"어쭈, 끝까지. 다들 나만 빼고 한통속이냐?"

난주는 단단히 토라진 것처럼 온조를 외면하고 돌아앉았다. 떡볶이도 핫도그도 먹지 않았다. 혜지가 미션을 수행하러 나간 것보다 이현과 상의하는 자리에 난주가 없었다는 것이 더 서운한 듯했다.

"됐어, 그만하셔. 어여 떡볶이나 드셔, 크크크. 난주야, 네 아이디 정말 잘 어울려, 좋아."

인생은떡튀순, 폼을 잡지 않은 난주만의 색깔이 묻어나는 아이디라는 생각이 들었다. 온조는 난주의 그런 솔직함이 좋았다.

혜지는 초등학교 6학년인 동하의 의뢰를 들어주기 위해 도서관으로 향했다.

명탐정코난(최동하): 엄마는 제가 아기였을 때 돌아가셨고 아빠랑 둘이 살아요.

지금은 이모 집에 있어요. 아빠는 일 때문에 멀리 계세요.

아빠가 일하는 곳으로 이사 가자고 했는데 싫다고 했어요.

좋아하는 여자아이가 있어요. 같은 반이에요. 처음이에요.

아빠가 일하는 곳으로 가면 저는 정말 혼자인데 여기는 친구들도 있고

저만 보면 우는 이모도 있어요.

근데 제가 좋아하는 아이가 정말 공부를 잘해요. 멋있어 보여요.

저도 잘하고 싶어요. 다른 과목은 외우면 되는데 수학은 안 돼요.

도와주세요.

혜지가 타임바이(Time Buy) 란에 올라온 동하의 의뢰를 보고 먼저 해 보겠다고 했다.

"엄마가 네 일정 다 체크하시잖아."

온조는 혜지가 당분간 시간을 파는 상점의 멤버라는 것을 비밀로 해 달라는 것과 미션 수행도 빼 달라고 했던 말이 떠올랐다. 혜지 엄마가 짜 놓은 스케줄로 보면 절대 시간이 나지 않았다. 늘 사람을 시켜서라도 혜지를 픽업했기에 그 많은 일정을 소화하는 거라는 생각이 들었다.

가위손아저씨 해고 철회 문제도 전교생이 참여한다는 걸 알고 혜지 엄마는 그제야 마음을 놓는 눈치였다.

"일요일에는 짬시간이 조금 있어. 그때 머리도 식힐 겸 도서관에서 책도 빌리고 반납도 하거든. 그때 하면 돼."

무엇보다 의뢰인 동하가 너무 귀여워서 꼭 해 보고 싶다고 했다. 자기보다 공부 잘하는 친구를 질투의 대상이 아닌 멋있는 아이로 볼 줄 아는 아이를 만나 보고 싶다고 했다. 온조는 그 말을 듣는 순간 아린과의 관계를 어떻게든 풀어 가고 싶은 혜지의 마음이 느껴졌다.

결국 어떤 미션을 선택하여 해결할지도 의뢰자에게 초점이 있는 것이 아니라 해결을 하려는 미션 수행자에 있다는 생각이 들었다. 온조가 숲속의 비단 란의 의뢰를 보며 외할머니가 떠올라 꼭 해야겠다는 생각이 들었던 것처럼, 어쩌면 시간을 파는 상점을 통해 우린 모두 자기 자신을 새롭게 발견해 가는 것인지도 모르겠다. 혜지가 명탐정코난 동하를 통해 고아린과 자신의 관계를 더 면밀히 알고 싶은 것처럼.

동하는 동네 도서관 로비에서 혜지를 기다렸다. 한바탕 축구라도 하고 온 건지 두 볼은 발그레 상기되어 있다. 약간 곱슬머리에 아주 맑은 눈을 가진 아이였다. 혜지는 동하에게 손을 내밀어 악수를 청했다.

"와, 악수 처음 해 봐요. 진짜, 진짜 나올 줄 몰랐어요."

동하는 모든 것이 신기하다고 말하며 흥분 상태였다. 게임 속에서 나온 여신 보듯 혜지를 바라보았다. 자신의 의뢰가 정말 먹힐 줄 몰랐으며 의뢰 내용을 들어주기 위해 누군가 온다는 것이 짱 신기하다고 했다.

"쉿!"

혜지는 검지로 입술을 가리며 조용히 하라고 했다.

"로비이긴 하지만 여기는 도서관이지 않니?"

"오, 말도 해."

"호호호."

알고 보니 동하는 학교에서 소년 얼짱으로 통했다. 셀카를 제법 잘 올려 인스타에 팬을 꽤 많이 거느리고 있다. 자기를 좋아하는 여자아이들은 많은데 정작 자신이 마음에 드는 아이가 없다는 게 문제였다. 그런데 처음으로 마음에 드는 아이가 생겼다고 했다. 공부를 진짜 잘하는데 그게 몹시 부러웠으며 멋있어 보인다고 했다.

혜지는 동하에게 맞는 수학 문제집을 선물로 준비했다. 준비의 철저함에 동하는 벌써부터 긴장하는 것 같았다. 수학 1등을 놓쳐 본 적이 없는 혜지의 교수법은 아주 간명했다. 숙제부터 복습까지 일대일 철저 관리였다. 숙제와 복습을 해 오지 않으면 그날로 의뢰는 끝나는 것으로 단단히 약속했다.

"그 친구가 공부 잘하는 게 멋있다고 했지? 부럽거나 질투 나는 게 아니라."

"전 뭐 공부, 그런 거 별로 신경 안 쓰였거든요. 근데 걸맞은 친구가 되고 싶다는 생각이 들었어요. 근데 그 친구가 잘하는 건 잘하는 거잖아요. 그러면서 나도 잘하려고 하면 그게 멋진 거 아닌가요?"

"올, 제법인데."

그동안 혜지와 아린이가 놓치고 간 것이 무엇인지 알 것 같았다.

혜지는 동하의 머리를 쓰다듬은 뒤 도서관을 나섰다. 동하는 복습을 위해 도서관에 더 있겠다고 했다. 학구열인지, 사랑의 힘인지. 이제 동하는 공부해야 할 이유가 생겼으니 시키지 않아도 할 것이다.

동하에게 쪽지가 온 건 바로 그날 저녁이었다.

명탐정코난(최동하): 누나, 경쟁자가 나타났어요. ㅜㅜ
여자아이만큼 공부도 잘하고 인기도 많은 남자아이가 좋아한다고 고백했대요. 어떻게 해야 하나요?

가네샤(혜지): 그래서? 공부를 안 하고 싶은 거니?

명탐정코난: 아뇨. 공부는 할 거예요. 그건 걱정하지 마세요. 누나 한 번도 남친 사귄 적 없죠?

가네샤: 뭐? 얘가 얘가 완전 까부네. 누나한테.

명탐정코난: 사귄 적이 있다고요? 근데 연적이 생겼다는데 어떻게 공부 걱정 먼저 하세요?

가네샤: 그래서 어떻게 하고 싶은데? 명탐정코난 님의 슬기로운 판단 좀 누나가 배워 봐야겠다.

명탐정코난: 제가 누나한테 물었잖아여.

가네샤: 답은 네가 더 잘 알고 있는 거 같은데. 그 남자아이보다 네가 못하는 게 뭐 있어? 공부? 그거야 누나가 하라는 대로 따라오면 곧 해결될 거고. 그거 빼곤 없지?

명탐정코난: 네, 당근이죠.

가네샤: 자신 있는 거지? 그럼 됐네, 벌써 게임 끝. 그러면 네가 그 남자아이보다 잘하는 거라든가 뛰어난 건 뭐야?

명탐정코난: 잘생긴 거요, 인기 많은 거요, 그리고 여자아이가 그 남자아이보다 저한테 더 관심이 있는 거요. 그 여자아이랑 같은 반인 거요.

가네샤: 그럼 고민할 것도 없네. 봐, 네가 답은 더 잘 알고 있잖아. 네가 할 수 있는 걸 하는 거야. 그 남자아이보다 유리한 게 훨씬 많으니 할 수 있는 걸 하면서 네 매력을 보여 주면 되지 않겠어? 거기다 같은 반이니 어필하기도 쉽고.

명탐정코난: 누나랑 얘기하면 착착 정리가 돼요. 짱 신기해요.

내가 잘할 수 있는 걸 하는 것, 남이 잘하는 것에 박수쳐 주고 인정해 줄 수 있는 것, 그러면서 나도 잘하기 위해 애쓰는 것. 그러면 되는 것 아닌가. 아린이와도 그런 걸 적용했다면 이렇게까지 어긋나지는 않았을 거란 생각이 들었다.

혜지가 아린이를 찾아갔을 때 아린이는 병원에 입원한 상태였다. 주렁주렁 링거 줄을 매달고 잠들어 있다. 신경쇠약이란다. 아침에 자고 일어나서 베갯머리에 머리칼이 뭉텅 빠진 것을 보고 기겹하고 그 후로는 먹지도 자지도 못했다고 한다. 오른쪽 귀는 붕대로 봉해 놓다시피 했다. 귀에 날벌레가 들어 있는 양 간지러워 건드리다 보니 중이염이 되었다고 했다. 침상 옆 사물함에는 교과서와 참고서가 수북했다. 혜지는 고아린을 보면 거울을 보는 것 같다는 생각이 들었는데 저런 모습을 볼 때마다 공부하는 기계가 따로 없다는 생각이 들었다. 다른 사람에게 혜지도 그렇게 보일 거란 생각이 들어서 등이 몹시 따가웠다. 아린이 상태가 저런데도 아린이 엄마는 내신 걱정만 했다. 혜지는 병원의 비릿한 냄새가 몹시 거슬려 숨이 쉬어지지 않았다. 토악질이 올라왔다. 혜지는 잰걸음으로 병원을 빠져나와 한참을 걸었다. 어디냐고 묻는 엄마의 톡과 전화를 씹으며 무작정 걸었다. 울렁거림은 좀처럼 가라앉지 않았다.

시간 상장(Time Listing)에 새벽5시가 올린 목록이 떠올랐다.

숨이 막힐 때, 주문 거는 비법

혜지는 새벽5시의 전번에 문자를 남겼다.

비법 알려 주세요.

곧바로 답이 왔다.

펜과 종이를 준비하세요.

펜과 종이가 없으면 휴대폰의 메모장을 활용해도 되지만

아날로그식이 훨씬 도움이 됩니다. 펜과 종이요.

펜으로 꾹꾹 눌러 쓰세요.

떠올리기만 해도 기분 좋아지는 단어나 어구가 있을 거예요.

참고로 제가 좋아하는 말은 갓 구운 빵 냄새, 나무 그늘, 바람, 바다,

마늘치킨, 쉬림프피자, 토요일, 쉬는 시간 종소리…….

혜지는 병원 앞 카페로 들어가 볼펜을 꺼낸 다음 냅킨을 폈다. 떠오르는 게 없었다. 자신이 뭘 좋아하는지도 모른다는 것, 기분 좋을 때가 별로 없다는 것. 그래도 뭔가 있지 않을까?

심이 부드러운 샤프펜슬, 매끄러운 스프링 노트, 차가운 겨울바람, 시간을 파는 상점, 친구 온조, 동하, 메탈리카, 에이브릴 라빈, 빗방울, 버스 타기, 혼자 걷기, 다리 위.

열거할수록 울적해졌다. 눈물이 났다. 혜지는 두 손으로 얼굴을 가린 채 울기 시작했다.

카페 안에 흐르는 음악 소리에 기대어 소리 내어 엉엉 울었다.

물방울이 모여
강물이 되고 파도가 되고

해고 반대 서명은 전교생이 거의 참여했다. 서명한 것을 들고 교육청과 국회의원실도 찾아가 접수했다. 서명받는 것에 적극적으로 나섰던 혜지는 거기까지는 가지 않겠다고 했다. 학부모 대표와 이현과 온조, 난주가 나섰다.

이현은 이번 일로 인해 법과 정치가 우리 일상에 얼마나 가까이 있는지 알게 되었다고 했다. 좀 더 적극적인 참여가 필요하다는 생각이 들어 무엇을 공부해야 할지 선명해지는 것 같다고 했다.

이현이 온조에게 말했다.

"네가 말한 경험의 축적 말이야. 그게 무슨 말인지 조금 감이 온다."

"실험이 잘돼 가고 있다는 증거지."

온조가 앞만 본 채 말했다. 온조의 싸한 태도에 이현이 눈치를 살폈다.

온조는 이현을 보며 이강준을 떠올렸다. 이현이 먼저 나서서 얘기해 주기를 기다리고 있는 중이다. 이현은 어떤 심정으로 강준과 온조를 바라보고 있는 것일까.

며칠간 시간이 조용히 흘렀다.

교육청에서 추가 공문이 왔다는 소식이 왔다.

'경비원을 지금과 같이 근속시키는 것에 대해 제재를 가할 권한이 없고 용역 파견 근로자 형태로 경비나 보안관을 재계약하는 것은 학교장 재량에 해당한다'는 내용이었다.

채용에 대한 결정을 학교로 토스한 것이다. 학교장 재량이라고 통보가 왔으니 모든 시선이 교장에게 쏠렸다. 교장은 그리 시간을 오래 끌지 않았다. 추가 공문의 뜻이 어떤 건지 유치원생도 알아들을 만하기 때문이다.

해고 통보를 철회하고 복직시킨다는 학교의 결정을 교장이 직접 방송했다.

아이들은 일시에 환호성을 질렀다. 축하 세리머니로 책상을 두들겼다.

기자들이 간간히 찾아왔고 신문에도 포털에도 학생들이 비정규직 일자리를 지켜 냈다고 보도하기 시작했다.

가위손아저씨는 연신 눈시울을 붉혔다. 아이들에게 배운다고 말하며 아이들 한 명 한 명과 악수를 나누고 포옹을 하며 고마움을 전했다. 교문을 나서는 아이들에게 일일이 허리 숙여 인사하는 바람에 아이들이 당황하며 인사하는 풍경이 벌어졌다. 아이들은 먼저 달려가 아저씨와 악수를 나누었다.

방과 후에 복직 축하, 플래카드를 들고 모였다. 그 모습이 그대로 포털에 오르기도, 일간지에 실리기도 했다. 축하 자리에는 이강준이 보이지 않았다.

재학생들도 재빨리 학업 모드로 돌아간 듯했다. 이현과 온조가 나서서 인터뷰를 하기도 했다. 그간의 과정과 소회를 묻는 내용이었다.

학주 모닝똥은 더 이상의 집회로 학업 분위기 흐리는 건 안 된다며 빨리 교실로 들어가라고 했다. 학주의 책임감과 일관성은 여전했다. 결과가 좋다고 본분을 잊으면 안 되며 교칙과 규율은 중요한 거라고 했다. 학주는 기자들을 만나 지나친 관심과 인터뷰는 면학 분위기를 해칠 수 있으니 자제해 달라고 했다.

이현은 점심시간에 경비실을 찾아갔다. 아저씨는 운동장에서 고른 돌을 씻어 창가에 말려 놓았다. 마른 돌 옆에는 펜이 놓여 있다. 가위손은 내일부터 다시 아이들에게 돌을 하나씩 나눠 줄 것이고 화단에는 돌탑이 계속 쌓일 것이다.

이현을 보자 반색을 하며 문을 열어 주었다. 힘들지는 않았냐고, 나서는 걸 학교에서도 집에서도 바라지 않았을 텐데 괜찮았냐고 연신 물었다. 이현은 쑥스럽게 웃는 걸로 답했다.

"아저씨 도움이 급하게 필요해서요."

아저씨는 뜻밖이라는 듯 택배 상자에 일일이 포스트잇을 붙이다 말고 돌아보았다. 가위손은 매번 택배 상자에 포스트잇을 붙여 찾아가기 쉽도록 학년과 반 이름을 표기해 놓는다. 들고 가기 힘든 것은 기숙사까지 들여놓기도 한다. 오늘은 특별한 메모가 하나 더 붙어 있다. 포스트잇 한편에 고맙다는 말이 쓰여 있다. 아저씨는 여전히 어제 하던 일을 지금도 하고 있다. 시위 첫날 학사반 아이들이 유리창에 포스트잇을 붙인 건 그간 가위손이 택배 상자에 붙인 표식에 대한 답장인지도 모르겠다.

"응? 뭔데? 내 기꺼이 하지."

가위손과 숲속의 비단 아저씨와는 연배가 비슷해 보였다. 어쩌면 좋은 친구가 될지도 모르겠다는 생각이 들었다.

"정원을 손질해 주고 싶은 곳이 있어서요. 아저씨가 제일 먼저 떠올랐어요."

아저씨 얼굴은 벌써 어느 집 향나무를 가위로 손질하고 있는 표정이다.

"어, 그래? 좋지. 그렇지 않아도 우리 학교는 손질이 다 돼 손이 근질근질하던 차였는데."

"정말요? 많이 생각하다가 말씀이라도 드려 보자고 한 거예요. 아저씨 무리하지 않는 선에서요."

"아냐, 아냐. 내가 너무 즐거워하는 일이야. 어디야? 자네 집인가?"

"아뇨, 제가 책읽기 봉사를 하는 곳이에요."

"역시, 난 요즘 매일매일이 감동이고 놀라워."

"에이, 뭘요."

이현이 쑥스러운 듯 고개를 숙이며 웃었다.

"일요일 오후는 어떠세요."

"오전에 순찰 돌고 오후에는 시간이 비니 괜찮아. 좋아."

아저씨 차를 타고 숲속의 비단에 가기로 했다.

"너무 놀라지 말고 들어. 엄마가 조금 다쳤어."

불곰의 전화를 받고 온조는 병원으로 달려갔다. 온몸이 오그라드는 것 같았다. 가슴 언저리가 아파 오기 시작했다. 아빠의 사고 소식을 듣고 엄마와 병원으로 향할 때의 기억이 떠올랐다. 엄마와 얼마나 손을 꼭 잡았는지 택시에서 내릴 때 둘 다 손가락이 펴지지 않을 정도였다. 아픈 기억은 어제 일처럼 너무나 선명했다. 그때는 엄마가 곁에 있었지만 지금은 아무도 없다. 엄마까지 곁에 없는 건 상상할 수 없는 일이다. 택시를 타고 가는 동안 수백 가지의 나쁜 생각이 떠올라 숨이 쉬어지지 않을 정도였다. 아빠가 마지막 숨을 거뒀을 때 엄마는 울지 않았다. 슬픔이 깊으면 눈물이 나지 않는다는 걸 그때 알았다. 지금 온조는 입만 마를 뿐, 누군가 자신의 눈을 들여다본다면 텅 빈 구멍처럼 보일 것 같았다. 그냥 멍한 상태였다. 오로지 하나, 엄마가 많이 다치지 않았기를, 두 번 다시 겪고 싶지 않았던 그 감정이 오롯이 되살아나 똑같이 반복되지 않기만을 빌었다.

응급실로 뛰어가 엄마를 찾았다. 불곰이 보였다. 허둥지둥 달려갔다. 엄마의 머리에는 붕대가 감겨 있다. 한쪽 이마에 핏빛이 옅게 새어 나왔다. 그렇게 머리에 흰 띠를 두르고도 엄마는 온조를 보자 밝게 웃었다. 온조는 다리에 힘이 풀려 그 자리에 주저앉았다. 그냥 눈물이 쏟아졌다.

"놀랐지? 우리 딸. 미안."

엄마의 어르는 목소리가 꿈결처럼 들렸다. 온조는 한참 동안 일어서지 못했다.

"엄마 괜찮아. 이게 모양이 이래서 그렇지 다친 데는 조금이야. 봐봐, 하하."

온조는 침대를 잡고 간신히 일어섰다.

"웃음이 나와?"

웃고 있는 엄마라서 다행이기도 하지만 밉기도 했다.

"놀래켜서 미안."

"뭐야, 왜 이래? 괜찮은 거야?"

온조는 엄마의 앞 머리칼을 들추며 연거푸 물었다.

"좀 다친 거야. 괜찮아."

엄마는 앞머리를 다독거리며 말했다.

"뭐예요? 선생님, 엄마 왜 이래요? 엄마 이럴 동안 선생님 뭐 하셨어요?"

온조는 마치 불곰에게 따지듯이 물었다. 온조는 따질 대상이 필요했다. 엄마 혼자 응급실에 있는 것보다는 마음이 놓이긴 했지만 누군가에게 엄마가 다친 것을 탓하고 싶기도 했다.

"그, 그르게. 으흐, 내 내가 한발 늦었다."

불곰은 더벅머리를 벅벅 긁으며 말했다.

오늘 새벽 한 통의 전화를 받고 엄마는 곧바로 달려 나갔다. 요즘 한참 신경 쓰고 있는 두꺼비 살리기 운동 때문이다.

도심 인근에 방죽이 하나 있다. 택지 개발을 위해 조만간 매립하여 없애 버린다고 한다. 방죽 주변은 온통 개발의 표식으로 빨간 깃발이 나부꼈다. 그곳은 봄이 되면 수백 마리의 두꺼비가 산에서 내려와 알을 낳는 곳이다. 땅속에서 겨울을 난 두꺼비가 산란처인 방죽으로 돌아와 알을 낳는다. 두꺼비는 회귀 동물이라 반드시 태어난 곳으로 돌아오는 습성이 있다. 다 자란 연어가 먼 바다로부터 물길을 거슬러 제가 태어난 하천으로 돌아와 알을 낳고 죽듯이 두꺼비도 해마다 제가 태어난 방죽으로 돌아와 알을 낳는다. 논밭과 야산으로 둘러싸인 그 중심에 방죽이 있다. 산에서 내려오는 새 물이 들어와 두꺼비가 산란하기에는 최적의 장소이다. 그곳에 대단위 아파트 단지와 법원, 검찰 청사가 들어오는 것이 결정되어 방죽을 없애기로 한 것이다.

봄이 되면 셀 수 없을 정도의 올챙이가 두꺼비가 되어 주변 야산으로 이동하는 모습은 장관이다. 실제로 보면 소름 돋을 정도로 많은 새끼 두꺼비가 이동을 한다. 엄마가 지키고자 하는 방죽은 두꺼비 산란지로는 국내 최대였다. 알에서 깨어난 올챙이로 가득 찬 방죽은 물 반, 올챙이 반이라고 해도 과언이 아닐 정도로 많다. 엄마가 속한 시민단체에서 처음 문제 제기를 했고 다른 단체가 연합, 환생교까지 합세하여 방죽 살리기 운동은 범시민운동으로 확대되었다. 그럼에도 불구하고 개발사들은 논밭 주변은 물론 산허리까지 빼곡했던 나무를 베어 내기 시작했다. 그때마다 달려가 나무를 끌어안으며 저항했지만 건장한 용역 청년들의 힘을 막아 낼 수 없었고 전기톱질은 멈추지 않았다. 개발 측은 포크레인을 동원해 개발 지구 입구마다 모래흙을 쌓아 출입을 금지시켰다. 개발 반대 측이 들어오는 것을 막기 위한 것이다.

엄마는 새벽에 그 소식을 듣고 달려갔다. 입구마다 모래흙을 산처럼 쌓아 놓았다. 삽으로 모래 둑을 퍼내며 들어가려는 자와, 그것을 저지하려는 자가 맞섰다. 서로의 완력으로 대치 상태가 팽팽했다. 삽으로 흙을 퍼내려는 자와 그 삽을 빼앗으려는 자 사이에서, 엄마의 이마로 삽날이 날아든 것이다.

온조는 눈을 질끈 감았다. 생각만으로도 눈앞이 아찔했다. 왜 하필이면 엄마여야 하는지 원망스러웠다. 하필이면 그 새벽에 속도광 운전자가 그 길을 지나쳤는지, 왜 하필이면 그 시간에 횡단보도에 아빠가 있었는지, 수도 없이 되뇌며 원망했던 것처럼.

"열사 나셨네. 왜 하필이면 엄마야? 엄마밖에 없어, 이 구역엔? 온갖 시민단체 연합이라며?"

온조는 기어이 눈물을 쏟았다. 엄마는 말없이 온조의 손을 쓰다듬었다. 같은 곳만 쓰다듬고 또 쓰다듬었다.

"나야말로, 나야말로 엄마밖에 없는 사람이야. 알아? 나도 생각해 줘야 하는 거 아니야?"

엄마가 온조의 손등을 토닥였다. 불곰이 온조의 어깨를 다독거렸다. 온조는 불곰의 손을 내뿌리며 불곰을 향해 돌아섰다.

"선생님은 좀, 그 잠 좀 어떻게 하시면 안 돼요? 늦잠 자다 늦은 거죠? 환생교 선생님들도 함께하는 거라면서요."

불곰은 말없이 제 뒷덜미만 만졌다. 요즘 온통 학교에 신경이 쏠려서 이쪽으로는 덜 쓸 수밖에 없었다고 엄마가 대변인처럼 말했다.

"가위손아저씨 복직도 환생교 선생님들이 보이지 않게 지원한 거 모르지?"

엄마가 변명하듯 말을 이었다. 불곰은 머리를 벅벅 긁으며 침대 주변을 공연히 서성거렸다.

"아이들 다칠까 봐. 엄마보다 더 걱정이더라."

여전히 표정을 풀지 않는 온조를 보며 엄마가 말을 이었다.

"괜찮아, 그만해. 너 선생님 늦잠 잔 거 어떻게 알았어?"

"빤하지, 뭐."

온조가 단호하게 말했다. 교문에 제일 마지막으로 들어서는 사람이 불곰이다. 지각은 면했지만 늘 허둥지둥이다.

"하하하, 어쩌면 좋아. 아우 큰일 났네. 실밥 터질 것 같아. 방금전에 꿰맸는데."

엄마가 입을 막으며 웃었다.

"대체 몇 바늘이나 꿰맨 거야?"

"열여덟? 열아홉? 우리 딸 나이 수만큼 꿰맸나?"

"웃음이 나와? 웃음이 나오냐고? 엉? 엄마가 돼 가지고 이렇게 딸 속을 썩여도 되는 거야?"

"으ㅎㅎㅎ."

불곰이 속 좋게 웃으며 온조의 어깨를 두드렸다. 온조는 불곰의 손에서 어깨를 빼며 말했다.

"엄마, 제발 다치지 않게 부탁드려요. 그렇지 않으면 다시 생각해 볼 거예요."

"야, 백온조, 누가 들으면 오해하겠다. 우린 그냥 독립적인 친구야. 좋은 친구."

엄마가 펄쩍 뛰듯이 말했다.

"엄마가 이렇게 다치는 거라면 난 두꺼비 하나도 귀하지 않아."

"앞으로는 이런 일 없어. 걱정 마."

"산란지를 지키려는 건 두꺼비만을 위한 게 아니야. 이렇게 말하려는 거지? 귀에 딱지가 앉게 들었네요, 제가."

"오~ 학습이 제대로 된걸."

눈 위에 바로 상처 부위가 있다. 운이 좋아 그나마 스무 바늘 정도 꿰맨 거다. 으으, 상상도 하기 싫었다. 생각할수록 소름이 돋았다. 온조의 한쪽 이마가 슬근슬근 시려 왔다.

"개발과 관련된 사람들은 이권이 있으니 두꺼비가 뭐가 중요하냐 사람이 중요하다고 하는데 사람이 중요하니까 이러는 거야. 아무리 이해시키려고 해도 받아들이지 않아. 관련된 사람들은 돈보다 더 중요한 건 없다고 생각하니까. 사람 목숨도 돈 앞에서는 아무것도 아닌 세상이잖아. 그깟 두꺼비가 알을 낳든 말든 멸종이 되든 무슨 상관이냐고 말하지."

엄마는 두꺼비 얘기만 나오면 말이 많아진다.

"두꺼비 같은 양서류가 사라지면 인간도 사라지는 거야. 오존층이 뚫렸는지 여부는 양서파충류가 제일 먼저 감지하거든. 물과 땅이 죽은 곳에는 절대 두꺼비도 개구리도 없어. 사람이 살 수 있는 땅을 지키려고 그러는 거야. 너희들을 위해. 그다음 세대를 위해."

엄마가 링거액을 다 맞지 않았는데도 기자들이 와서 연신 인터

뷰 요청을 했으며, 시민단체 관계자들과 시 관계자들도 찾아와 엄마가 안정을 취할 수 없었다. 피를 보고 사람이 다쳐야 뭔가 파동이 이는 모양이다.

온조는 엄마와 함께 황급히 집으로 돌아왔다. 집으로 돌아오는 동안 온조는 말없이 엄마의 손만 잡고 있었다. 엄마는 다쳐서 미안하다고 거푸 말했다.

다음 날 일간지와 포털 사이트에 피를 흘리며 이마를 감싸고 있는 엄마 사진이 크게 실렸다. 숨이 턱 멎는 것 같았다. 이마를 감싸 쥔 엄마를 보며 화가 치밀어 올랐다. 다른 누구한테도 아닌 엄마에게. 그야말로 아주 험악한 상황이었고 급박했던 순간이었다. 온조를 안심시키려고 너스레를 떨던 엄마가 떠올랐다. 엄마의 아픔이 고스란히 전해져 한쪽 이마가 시리도록 아팠다.

엄마의 사고로 인해 무조건적인 개발에 대한 반대 여론이 생겼고 막대한 돈과 무력으로 밀어붙이던 개발 쪽도 몸을 사리는 것 같았다. 이미 토지 보상이 끝났고 이권이 크기 때문에 여기서 변경을 한다는 건 엄청난 경제적 손실을 감당해야 하는 거다. 누군가 책임질 사람이 필요하고 그 책임은 땅값으로 지불해야 하는 일이다. 누가 봐도 현실적으로 가능하지 않은 일이다. 대응하기에는 너무나 거대했다. 그렇지만 돈으로 막을 수 있을 때 그래도 희망이 있는 거라고 했다. 한번 망가진 자연은 아무리 많은 대가를 지불해도 복구되지 않는 게 더 무섭다고 했다.

엄마의 이마를 꿰매던 그날, 불곰은 수업 시간에 〈어느 날 그 길에서〉라는 영화를 보여 주었다. 고양이보다는 몸집이 크지만 얼핏보면 새끼 호랑이 같은 삵(살쾡이-멸종위기 종)이 주인공이다. 어느날 야생동물교통사고조사단은 88고속도로에서, 차에 치여 의식불명이 된 삵을 발견하게 된다. 구조 센터로 데려가 치료한 뒤 어느 정도 기력을 되찾자, 팔팔하게 잘 살라는 뜻으로 '팔팔이'라고 이름 붙인 뒤 야생에 놓아주었다. 그런데 팔팔이는 수십 킬로미터 떨어진 최초의 발견지로 돌아간다. 차에 치였던 그 자리다. 그곳이 태어난 곳이자 서식처인 셈이다. 길이 나기 전, 그 땅은 팔팔이의 삶터였기 때문에 아무리 멀리 갖다 놓아도 죽을힘을 다해 다시 그곳으로 돌아간다. 팔팔이에게 허락도 없이 그 땅에 길을 냈고 '눈에서 불을 뿜는 네 바퀴 달린 동물'에 팔팔이는 또 뛰어든다. 팔팔이를 살리기 위해 다시 먼 곳으로 데려다 놔도 그 길을 찾아간다.

'우리에겐 길이지만 팔팔이에겐 집이다.' 영화의 마지막 문장을 보며 아이들은 찔끔찔끔 울기 시작했다. 삵 팔팔이는 너무나 사랑스러웠다. 영화가 상영되는 99분 동안 귀여운 팔팔이에 빠져 있다가 끝내 제 집인 길 위에서 자동차 바퀴에 깔려 죽는 모습에서 다들 울고 말았다.

미안했다. 미안한 것이 너무나 많았다. 길 위의 팔팔이에게도 방죽의 두꺼비에게도.

우리가 부르는 노래

난주에게 빨간 털모자 한 박스가 도착했다. 외곽의 중학교에서 반 전체가 참여한 거라며 보내왔다. 쉬는 시간마다 뜨개질을 했다고 한다. 뜨개질하는 장면을 사진에 담아 보내 주었다. 한 손에는 빨간 털실 뭉치가, 한 손에는 대바늘이 꽂혀 있는 아직 미완성인 모자가 들려 있다. 아이들 얼굴은 하나같이 밝았다. 반 전체 아이들이 붉은 꽃잎을 한 장씩 들고 있는 것 같았다.

의뢰인이 난주에게 보내 준 선물이다. 난주가 시간 상장에 올린 것은 '정리의 달인'뿐만이 아니라 '얘기를 잘 들어주는 귀'도 있었다. 난주가 탑재한 '얘기들어주기'의 시간을 사고 싶다고 하여 한 여학생의 고민을 들어 주게 되었다. 그러는 와중에 지킴이아저씨의 해고를 막은 학교에 다니고 있다는 것을 알고 무척 놀라워했다. 영광이라고 응원의 뜻으로 빨간 털모자를 보내온 것이다. 하얀 첫눈이 오는 날, 최소 30명 이상이 빨간 모자를 쓰고 인증샷을 날려 달라는 게 선물받은 답례라고 했다.

빨간모자: 5분만 제 얘기를 들어 주실 수 있나요?

전 인기가 없어요. 어떻게 하면 인기가 있을까, 고민하는 중학생입니다. 늘 혼자였고 인기 많은 친구가 몹시 부럽습니다. 저만 친구 관계 때문에 고민하는 것 같고 그런 제가 몹시 바보 같아 마음에 들지 않아요.

말을 하고 싶어도 말이 엉켜 제대로 나오지 않아요. 친구들과 말을 섞고 싶어도 속도가 맞지 않는 걸까요? 제가 말을 하려고 막 준비하는 동안 벌써 친구들의 얘기는 다른 데로 가 있어요.

난주 특유의 친화력 비법이 공개되었다.

인생은떡튀순: 누군가와 쉽게 친구가 되는 법은 나도 너와 같다, 라는 것을 발견할 때야.

쟤는 나와 다르네가 아니라 쟤도 나와 같이 구멍이 숭숭 뚫려 있네를 보는 것.

그 사람의 거짓 없음과 진솔함을 봤을 때 훅 다가서기도 다가오기도 하는 거거든.

친구들에게 나는 왜 이렇게 인기가 없을까? 라고 고민되는 걸 얘기해 보면 어떨까? 그런 뒤 먼저 인사하기. 가볍게 '안녕?' 하고.

'화장실 갈래?' 하고 말 걸기.

'형광펜 남는 거 있음 빌려줘'라든가.

조금 있으면 나올 풋사과 서른 쪽 내어 가져간 뒤, '먹을 사람~' 하고, 외쳐도 되고.

친구들이 나에게 말 걸기를 기다리지 말고 내가 먼저 말 걸어 보려고 노력하는 것도 중요해.

사실은 그 친구들도 누군가 말 걸어 주기를 기다리고 있거든, 항상.

빨간모자: 언니가 써 준 매뉴얼대로 해 봤거든요. 아주 조심스럽고 소심하게요. 그런데 정말 너무 신기한 일이 마구 벌어지는 거예요.

나만 인기가 없는 것 같다고 고백했더니, 다들 자기 자신은 인기가 없다고 하는 거예요. 심지어 제일 인기가 많은 아이까지 그런 생각을 하고 있어서 깜놀했어요.

제가 항상 조용히 있어서 오해를 했다고 해요. 말을 붙이고 싶었는데 혼자 있는 걸 좋아하는 거로 봤다고.

전에 편의점에서 신생아모자뜨기 키트를 보게 되었어요. 저체온증으로 생명을 잃을 수 있는 신생아들에게 보내는 일인데요, 마침 제가 좋아하는 헨리 오빠가 하는 걸 보고, 하고 싶었거든요. 사실은 쉬는 시간이나 점심 시간에 혼자 있는 제가 뻘쭘하고 싫어서 시작했던 건데요, 고백 이후 우리 반 아이들이 제가 하는 모자 뜨기를 하고 싶다고 하는 거예요. 우리 반은 지금 모자 뜨기 열풍이에요. 글쎄, 쉬는 시간만 되면 모두들 저한테 몰려와 모자 뜨기를 배워요.

반 아이들에게 제가 제안을 하나 했어요. 이번엔 언니들에게 우리들의 모자를 선물해 주자고요. 지킴이아저씨 복직, 정말 멋진 일을 해낸 것에 대한 선물이에요.

엄마의 이마에는 아직 거즈가 붙어 있다. 거즈 아래에는 열아홉 바늘의 꿰맨 자국이 선명했다. 엄마는 되도록 머리칼을 내려 이마를 가렸다. 저녁밥을 먹고 학원을 다녀온 뒤 안방 문을 밀었다. 엄마가 침대 위에서 잠들어 있다. 이마에 하얀 거즈를 붙인 상태였다. 엄마가 쉬고 있으니 마음이 놓였다.

"왔어? 뭐 먹을 거 좀 줄까?"

"깼어? 좀 어때, 다른 데는 괜찮은 거 같아?"

"온몸이 다 뻐근해. 그날 새벽에 실랑이를 얼마나 했는지, 안 아픈 근육이 없네."

"하아, 뭐라 할 말이 없네. 너무 무모한 거 아니야?"

"알아, 다들 그렇게 얘기해. 그렇지만 최소한 그곳의 생태를 보존할 수 있는 최선의 방법을 찾아보자는 거야, 원래 거기 주인이었던 두꺼비가 있잖아."

삵 팔팔이가 떠올랐다. 그 땅에 살던 것들은 환경이 바뀌어도 그 땅으로 다시 돌아간다는 것, 죽음이 기다리고 있어도 그들의 유전자 지도에는 그리 가라고 한다는 것을 보았다.

"도심 속에 생태공원이 만들어졌다 쳐, 얘네가 길을 알아? 어떻게 알고 찾아오냐고. 저렇게 높은 빌딩과 차들이 이렇게 쌩쌩 달리는데 어떻게 알고 오냐고."

"응, 네 말이 맞아. 장담할 순 없어. 그렇지만 그건 서식 환경을 만들어 주고 난 뒤에 걱정해도 될 일이야. 우리가 사는 공간이 지금처럼 아파트만 빽빽하게 들어서는 건 다들 원치 않아. 그럼 행동해야지."

엄마의 결심은 더 견고해진 듯했다.

"온조야, 다음 해에 두꺼비가 한 마리도 되돌아오지 않더라도 의미 있는 일이야. 이대로는 아니라고 누구나 생각은 하고 있잖아. 브레이크가 필요한 건 너도나도 다 알고 있는데 아무도 행동하지 않으면 어떻게 되겠어."

엄마는 온조의 손등과 양 볼을 쓰다듬으며 말을 이었다.

"방죽의 물을 빼고 공사장의 흙으로 방죽을 메운다 해도 이제껏 우리가 한 일이 무위로 돌아간다고 생각하지 않아. 호수에 돌이라도 던져 파문이라도 일으킬 정도의 몸부림일지라도 아닌 건 아닌 거라고 말하는 게 인간으로서 최소한의 도리라는 생각이 들었어. 여기에 이런 존재가 있었다는 자각만이라도 할 수 있게 한다면 끝까지 손을 놓지 않아야 된다고 봐."

온조는 엄마의 손을 밀치며 떨어낸 뒤 차갑게 말했다.

"다치지는 마. 다치는 건 아니잖아."

"응, 명심할 게. 잔소리 그만하셔."

엄마는 온조의 입을 틀어막듯 문지르며 말했다.

"학교 일은 정말 잘됐어. 희망은 있어. 소식 듣고 엄마도 힘이 불끈 나, 더더욱 포기하면 안 되겠다는 생각이 들었다니깐. 너무 기특해서 막 눈물이 나오려고 그러더라."

엄마의 눈가가 붉어졌다.

"이리 와, 한번 안아 보는 영광을 주시려나?"

온조가 방을 막 나가려고 일어서는데 엄마가 다시 불렀다. 엄마는 온조를 품에 안으며 말했다.

"봐, 너희들은 해냈잖아. 그리고 너희들의 행동이 앞으로 많은 파급력을 낳을 거야. 세상은 그렇게 더 좋아지기도 더 나빠지기도 하는 것 같아. 나빠지는 속도는 무척 빠른데 한번 나빠진 것을 되돌리는 것은 더디기도 하고 힘들기도 하고 그래. 그런 세상에 점을 찍는 일이 될지라도 누군가는 해야 나빠지는 속도를 늦출 수 있지 않겠어? 어른들이 부끄럽다는 생각을 하게 했으니 그것만으로도 큰일을 한 거야. 더군다나 너희들은 사람을 봤잖아."

사람, 그 말이 새삼 따뜻하게 느껴졌다.

엄마가 말끝에 온조를 바라보며 싱글싱글 웃었다.

"왜? 왜 그렇게 수상하게 웃어?"

온조도 덩달아 웃으며 물었다.

"호호호, 시간을 파는 상점을 엄마가 모를 줄 알고?"

헉, 온조는 방문을 열고 나가려다 그 자리에 멈췄다. 한참 동안 말을 잇지 못했다.

"뭐야, 또 불곰 샘이지? 선생님이 아니라 스파이에 프락치야 완전. 은근 아군인 척하면서 온갖 개입은 다 하고. 불곰이 아니라 촉새야."

"하하하, 아이 아니야. 불곰 샘은 절대 말하지 않았어. 엄마가 이제껏 모를 거라고 생각하는 우리 딸이 이 엄마를 좀 무시한 거지."

"그건 아니고. 근데 어떻게 알았어?"

"상점인데, 누구한테나 열어 놓은 걸 엄마라고 안 들어가 봤겠어? 처음엔 우리 딸이 1대 주인장이고 이 일을 시작한 장본인이라는 거에 좀 놀라긴 했지. 근데 백온조의 호기심이라면 충분히 그럴 수도 있겠다 싶었어. 앞으로도 그 호기심 잃지 말고 갔으면 좋겠다."

다행이다. 상점이 지금 상태로 업그레이드된 걸 엄마에게 보여 주게 되어서. 이제 누구에게도 거리낌이 없을 것 같았다. 불곰도 그 부분은 인정했다.

"서서히 상점의 정체성을 찾아가는 걸 보고 오~ 하며 감탄했다니까. 아주 마음에 들어. 실험정신도 그렇고. 아이디어도 그렇고. 곧 누구든 눈독 들일 것 같기도 하고."

"눈독?"

"누군가는 시간을 파는 상점의 구조를 산다고 할지도 몰라."

"에이, 설마. 우린 그냥 명제 실험정신으로 시작한 것뿐이야."

"엄마도 하나 의뢰하고 싶은 거 있는데, 해도 돼?"

"정말? 뭔데?"

"다음 주 토요일 새벽 여섯 시에 방죽 둘레를 인간 띠로 두르는 행사를 할 거야. 일명 방죽 껴안기, 같이 살자는 거지. 아주 어린아이부터 어르신들까지 시민이면 누구나 참여 가능. 되도록 많이 참여하는 게 취지야."

"토요일 새벽이면 괜찮긴 한데 가장 무서운 적은 새벽잠일 거야. 우리들에게 잠이 제일 큰 적이잖아."

"마음이 있으면 잠이 문제겠어. 그건 각자의 몫에 맡기고. 일단 접수 콜?"

이마의 거즈에 핏빛이 아직 마르지 않았는데 엄마는 다음 행동을 준비하고 있다. 엄마의 전화기는 끊임없이 울려댔고 통화를 하며 의견을 조율하는 것 같았다.

온조는 타임바이와 타임백에 의뢰 내용을 올렸다. 타임바이에 시간을 빚진 사람은 새벽저수지 참여로 갚을 수 있는 기회를 주는 것이며, 타임백에 시간을 저축해 놓은 사람은 새벽저수지에 쓸 수 있도록 설득하면 되는 것이다.

안녕하세요?

시간을 파는 상점의 운영 멤버 크로노스입니다.

두꺼비를 아시는지요?

두꺼비는 물과 땅, 두 곳을 오가며 삽니다. 물과 땅이 오염되면 절대 살 수 없는 환경지표동물입니다.

평소에는 산에서 살다가 산란철이 되면 태어난 물로 돌아와 알을 낳습니다. 태어난 곳이 어디인지 몸속에 지도가 그려져 있을 정도로 반드시 다시 돌아옵니다.

연어가 수백 킬로미터 떨어진 알래스카 앞바다에서 베링해를 거쳐 강원도의 남대천으로 돌아와 알을 낳는 것처럼요.

두꺼비가 살고 있는 곳이 우리 고장에도 많습니다만 특히 생태가 잘 보전된 곳이 있습니다. 두꺼비의 산란처로 인해 수많은 동식물들이 함께 사는 방죽이, 택지 개발로 인해 곧 메워져서 사라질 위기에 처해 있습니다. 방죽이 없어지면 그 물을 먹고 사는 동물들은 갈 곳이 사라집니다. 최소한 방죽만이라도 살려서 동물과 사람이 공존하는 땅을 만들고자 하는 모임이 있습니다. 그곳에서 많은 분들이 함께하여 공존하는 행사를 펼치고자 한답니다. 넓은 방죽을 사람들이 손에 손잡고 띠를 둘러 껴안기를 하고자 합니다.

다음 주 토요일, 새벽 6시에 원흥이 방죽으로 모여 주세요.

온조가 타임바이에 의뢰 내용을 올리자 속속 댓글이 달렸다.

타임백에 제일 많이 시간을 적립한 이현은 그 시간을 전부 새벽저수지에 쓰겠다고 댓글을 달았다.

난주도 혜지도 타임백에 적립해 놓은 시간을 새벽저수지에 모아 쓰기로 했다.

돌탑 페북에도 올렸다. 댓글이 달리고 좋아요 숫자가 늘어 갔다. 강준도 페북에 댓글을 달았다. 온조는 강준의 댓글을 보자 불에 데인 듯 화들짝 놀라는 자신을 발견했다. 언젠가부터 강준이 강토로 읽히고 그걸 인지하는 순간, 뭔가 상실된 것 같은 느낌이 들었다. 그 뒤에 쓸쓸함과 허탈한 기분이 동반되었다.

명탐정코난 동하는 인스타그램에 아기 두꺼비가 새까맣게 이동하는 사진을 올려서 엄청난 관심을 받았다.

공유는 많이 되었지만 그 역시 얼마나 올지는 알 수가 없다.

새벽저수지

가위손이 이현의 집 앞으로 차를 몰고 왔다. 학교에서 만나자는 이현의 말을 뿌리치고 집 앞에서 만나자고 했다. 이제껏 좋은 일을 해 온 학생도 있는데 운전 조금 더 하는 건 아무것도 아니라고 했다. 돌아가신 아버님이 쓰던 휠체어가 있는데 이렇게 쓰일 줄 몰랐다며 차에 신고 왔다.

숲속의 비단 주소를 알려주자 가위손은 꽤 먼 거리를 버스 타고 다녔다고 그것도 칭찬받을 일이라고 했다.

"죽음을 많이 생각하시는 분 같아요. 가족은 아직 보낼 준비가 안 된 것 같고요."

숲속의 비단 아저씨에 대해 조금이라도 얘기해 드리면 도움이 될 것 같았다.

"내가 그 입장이 되어도 그럴 것 같네."

가위손은 아주 부드럽게 핸들을 돌리며 말했다.

"처음에 좀 무섭고 어려웠는데 지금은 조금이라도 도움이 돼 드리고 싶어요."

"참, 놀랍네. 사람이 높아 보일 수 있는 건 나이나 지위가 아니야. 이번에 내가 복직된 것도 그렇고. 나 같은 사람한테 그렇게까지 마음 써 주고 학생들의 금쪽같은 시간을 쓰는 게 믿기지 않았는데, 이렇게 해낼 줄은 몰랐지. 그래서 미안하고 고맙고 대단하고 그래."

"저희가 받은 게 더 많은데요 뭐. 그간 아저씨가 저희들한테 쏟은 정성 생각하면 아무것도 아니에요. 마음을 내는 길을 찾는다면 방법도 생기는 것 같아요."

아저씨는 말없이 고개를 끄덕였다.

햇볕이 조금씩 달라지는 게 느껴졌다. 이현은 차창을 내리며 손가락 사이를 벌려 바람을 느껴 보았다. 조금 서늘한 기운이 들어 있는 듯했다. 습도도 줄어 뽀송해진 느낌이 들었다. 어쩌면 숲속의 비단 아저씨 컨디션이 더 좋아졌을 수도 있겠다는 기대를 했다. 날씨에 따라 기온에 따라 우리의 몸이 달라지듯이, 가위손아저씨와 친구가 되는 데에도 날씨가 조금이라도 도와줬으면 좋겠다는 바람이었다.

아주머니께는 미리 전화로 말씀드렸다. 정원을 몹시 궁금해해서 한 번쯤 꼭 밖으로 모시고 싶다고 말하자, 아주머니는 한동안 말을 잇지 못했다. 이현은 그냥 가만히 기다려 주었다.

"고마워요. 근데 저 양반이 워낙 싫어해서 어떨지 모르겠네."

"네, 지난번에 말씀드렸어요. 제 생각에는 그리 나쁠 것 같지는 않아요. 주변 사람들 힘들게 하는 게 걸려서 싫다고 하신 것 같아요."

또다시 전화기 속에서는 말이 없다. 이현은 다시 기다려 주었다. 그렇게 한참 동안 시간이 흘렀다. 코 훌쩍이는 소리가 들렸다.

오솔길 입구에 차를 세웠다. 이현은 휠체어를 끌고 오솔길로 들어섰다. 가위손은 정원용 가위와 도구 박스를 들고 앞서 걸었다. 마당에 들어서자 가위손은 주변부터 살폈다. 나무 하나하나마다 눈길을 주는가 싶더니 벌써부터 나무 형태를 무엇으로 할지 디자인하는 것 같았다.

이현은 마치 제 정원을 소개해 주는 것처럼 우쭐한 기분이 들었다. 이렇게 풍성한 정원 봤냐고 물어보고 싶을 정도로 뻐기고 싶은 심정이었다. 학교의 정원은 넓기만 했지 나무 종류나 화초는 빈약하기 짝이 없다. 그나마 가위손이 오는 바람에 나무 종류도 늘고 곳곳 화초밭이 되었지만 워낙 손을 많이 써서 더 이상 손볼 곳이 없을 정도였다. 가위손은 풍성한 재료를 만난 조각가 같은 얼굴로 정원을 휘돌아보았다. 강아지 세 마리와 고양이 두 마리가 이현을 발견하자 뒤꼍에서부터 살랑살랑 걸어 나왔다. 이제는 이현도 이 집의 식구가 된 것처럼 맞아 주었다. 흰둥이는 입에 뭔가를 물고 나왔다. 돌멩이다. 이현 앞에 다다르자 돌멩이를 이현의 발치에 놓았다. '뭐지?' 이현이 영문을 몰라 가위손을 바라보았다.

"이현 군이 이 집의 보통 식구가 아닌 모양이야. 영물이네."

"무슨 뜻일까요?"

"선물. 제 마음을 그렇게 표현하는 거지."

이현은 쭈그리고 앉아 흰둥이의 목덜미를 털어 준 뒤 끌어안았다. 품에 안기듯 순하게 목을 늘어트리는 흰둥이를 보자 울컥했다.

흰둥이 뒤로 죽 늘어선 고양이와 강아지를 보자 아저씨가 말했다.

"식구가 많네."

아저씨도 식구라는 말을 썼다. 이현은 흰둥이가 물어다 준 돌멩이를 가방 속에 넣었다. 학교 화단의 돌탑에 쌓을 것이다. 어찌 보면 지금 이 순간도 일 년 전의 그 아이가 맺어 준 인연인 셈이다. 그 아이의 죽음이 없었다면 시간을 파는 상점에 의뢰할 일도 없었을 것이고 온조와의 시간이 이렇게 쌓여 가리라고는 상상도 못 했을 것이다. 나비의 날갯짓 같은 파동이 과거의 시간을 지나 지금에 다다른 것인지도 모르겠다.

이현은 세 마리의 개와 고양이 두 마리와 뒤엉켜 정원의 푸르름 속에 한참 머물렀다.

"히야, 나무가 이렇게 다양하다니, 정원의 나무들도 그렇고 화초들도 이렇게 풍성하게 심어놓고 돌보지 못했으니 그것 또한 마음

아픈 일이었을 거야."

아저씨는 연신 정원을 살피며 감탄의 말을 했다.

재봉틀 소리가 간간이 들렸다. 아주머니가 당신의 삶을 엄연히 받아들이는 소리. 그 소리를 내는 게 자신이 살아 있는 거라고 했던 말이 떠올랐다. 희생이라는 말이 얼마나 무거운 말인지, 또 함부로 해서도 안 되는 말이라는 것도. 말하는 자와 듣는 자의 처지를 몹시도 억울하게 만드는 말이라는 것도 알게 해 준 소리였다.

현관문을 열자, 재봉틀 소리가 멈추고 아주머니가 반겼다.

"어서 와요."

아저씨가 모자를 벗으며 허리 숙여 인사했다.

"들어오세요. 고맙습니다. 이렇게 와 주셔서. 이 양반이 친구분 오셨다고 좋아하실 것 같네요."

아주머니가 아저씨 얼굴을 살피며 말했다. 이현이 보기에도 두 분이 정말 잘 통할 것 같았다.

휠체어를 현관 옆에 세우자 아주머니의 눈길이 한참 동안 머물렀다. 어떻게 보일지 몰라 주저했지만 아저씨에게 작은 빛이라도 들일 수 있는 방법을 생각한 끝에 내린 결론이었다. 그래서 주제넘을지 모르지만 용기를 낼 수 있었다. 가위손도 충분히 동의하고 휠체어까지 마련해 주었다. 누워 있는 사람에게 바깥바람은 산소 같은 거라고 가위손이 말했다. 아버지는 돌아가시기 전날까지 바깥바람을 쐬고 싶어 했다고 한다.

내실 문을 밀고 들어섰다. 아저씨는 낯선 사람이 들어오자 경계의 눈빛을 했다. 이현을 볼 때의 눈빛과는 다르게 가위손을 보자 일시에 불씨가 꺼지듯 싸늘하게 변했다.

이현은 전화기를 꺼내 아저씨에게 학교 정원을 보여 드렸다. 그림 그리듯 정리되어 있는 사진을 보자 아저씨의 눈에 다시 불이 들어오는 것 같았다. 반색을 하며 입을 열었다.

"어디인가? 손질이 아주 잘되어 있네. 솜씨가 보통이 아니시네."

"저희 학교예요. 이분요, 가위손 별명을 가진 우리 학교 인기짱 아저씨예요."

그제야 고개를 돌려 가위손에게 관심을 보였다. 가위손은 허리 숙여 인사했다.

"정원의 나무가 아주 다양해요. 아주 귀한 나무도 많고요. 화초도 어찌 그리 건강한지 마당 가득 넘쳐나네요."

가위손이 먼저 너스레 떨듯 말했다.

아저씨는 경계의 눈빛을 풀고 부드럽게 아저씨를 바라보았다. 오랜 시간 같이하지 않아도 통하는 것이 있으면 단박에 가까워지는 것처럼, 나무 이야기로 그동안 타인으로 살아온 시간이 툭 터져, 경계가 없어지는 것이 보였다.

"오늘은 바람이 좋아요. 저랑 밖에 나가서 나무 이야기 좀 더 하실래요?"

아저씨의 입술이 심하게 일그러졌다. 무슨 말인가 하려는 듯 입술을 여러 번 달싹였지만 쉽게 나오지 않았다.

"보시다시피 내가 할 수 있는 게 아무것도 없어서 힘드실 겁니다."

아주머니가 지켜보다가 다가오며 말했다.

"오랜만이죠? 제가 다 날아갈 것 같네요. 바깥바람을 쐬어 준 지 너무 오래됐어요."

"여기 이현 군도 있고 저도 있는데요, 괜찮습니다. 날이 그렇게 덥지도 않으니 나가도 괜찮을 듯싶어요. 바깥바람 쐬기에는 찬 기운 있을 때보다는 지금이 좋아요."

가위손이 아저씨의 등에 손을 집어넣었다. 아주머니가 뒤이어 부축했다.

이현도 휠체어를 침대 가까이 끌고 왔다. 아저씨의 몸피는 줄어들 대로 줄어 뼈만 남아 있다. 이미 화석이 되어 버린 몸 같았다. 아저씨가 눈을 질끈 감았다.

"어지러우세요?"

아주머니가 물었다.

"응, 좀."

"누워만 있다가 일어서니 그럴 수 있어요. 천천히, 천천히 할게요."

가위손이 아저씨의 옷매무새를 다독이며 말했다.

"괜찮아요, 나무를 볼 수 있다니."

아저씨의 말을 듣고 아주머니의 얼굴은 그제야 펴지며 웃었다.

"이렇게 좋아하시는데, 그동안 나 생각해서 싫다고 난동을 피우고. 도우미 아줌마까지 그만두게 만들고."

가위손이 천천히 휠체어를 밀었다. 내실에서 거실로 거실에서 현관으로 현관에서 다시 뜨락으로 뜨락에서 다시 마당으로 나서는 게 일이었다. 턱 때문에 난관의 연속이었다. 가위손이 바깥까지 살펴보더니 아저씨를 업는 게 낫겠다고 했다. 휠체어까지 들면 너무 무거워서 안 된다고 했다.

가위손이 아저씨를 업고 이현은 휠체어를 접어 마당까지 끌고 나가 펴 놓았다. 쉽지 않은 일이었다. 등에서 진땀이 났다.

가위손이 조심스럽게 휠체어에 아저씨를 앉혔다. 꽤나 시간이 걸렸다. 천천히 또 천천히 움직였다. 조심스러웠다. 가위손 목덜미에는 굵은 땀방울이 흘렀다. 힘든지 숨을 돌리며 휘청했다. 이현은 가위손에게 미안한 마음이 들었다.

아저씨가 정원을 휘둘러보았다. 마치 나무마다 눈을 맞추고 안부를 묻는 것처럼, 화초마다 들여다보며 잘 있었느냐고 묻는 것처럼.

세 마리의 강아지와 두 마리의 고양이가 숨 가쁘게 달려왔다. 저렇게 빨리 움직이는 것은 처음 보았다. 아저씨의 무릎 앞에서 핥기 시작하는데 너무 좋아서 기절할 지경으로 뛰어올랐다. 그런 뒤 강아지 세 마리는 대문 밖을 향해 컹컹 짖은 뒤 또 뛰기 시작했다. 짖다니, 이현은 믿기지 않았다. 휠체어 주위를 돌고 또 돌며 뛰었다. 아저씨가 환하게 웃었다.

가위손이 주목나무와 향나무에 걸쳐 있는 덩굴을 걷어 냈다. 아주머니는 아저씨를 위해 양산을 받쳐 들고 해를 가려 주었다. 이현은 가위손이 걷어 낸 덩굴을 마당 밖으로 옮겨 놓는 일을 맡았다.

이리저리 휘어져 회오리처럼 말려 올라간 향나무와 그 옆의 까맣도록 푸른 주목나무 가지가 잘려 나갔다. 사이프러스는 잔가지를 쳐내자 하늘과 맞닿을 듯 피워 올린 푸른 불꽃 같았다. 그 위에 하얀 낮달이 푸르게 마당 안을 엿보고 있다.

가위손은 커다란 전지가위를 들고 사다리 위에서 춤추듯 능숙한 솜씨로 나뭇가지를 잘랐다. 초록색 공이 하늘을 배경으로 떠오른 것처럼 동그랗고 앙증맞으며 단정한 향나무가 탄생되었다. 어둡고 칙칙했던 정원에 공간이 생기자, 빛이 쏟아져 들어와 눈이 부시게 반짝였다.

마치 나무가 새 옷을 입은 것처럼 보였다. 한 그루 손을 보는 데도 꽤 오랜 시간이 걸렸다. 가지마다 정성스럽게 손길을 쏟았다.

"어떠세요? 마음에 드세요?"

가위손이 향나무의 전지를 끝낸 뒤 아저씨에게 다가가 물었다.

"예뻐요, 멋져요. 손길이 고와요."

가위손은 휠체어를 밀며 마당 구석구석을 돌았다. 보랏빛으로 화사한 쑥부쟁이 앞에서도 한참, 주황빛으로 화려한 땅나리 앞에서도 한참, 달리아 꽃대가 넌출거리는 사립짝에서도 한참, 마지막으로 계곡을 지키고 있던 단풍나무 군락에도 한참 서 있었다.

"처음부터 이렇게 오래 계시면 무리돼서 안 돼요."

가위손이 아저씨에게 고개를 수그리며 말했다.

"제가 계속 올 거예요. 괜찮죠?"

그 후 가위손은 쉬는 날이 되면 혼자서 숲속의 비단을 찾았다. 사진으로 본 정원은 생기가 넘쳤다. 숲속의 비단 아저씨는 친구 하나를 얻어 너무 좋다고 했다.

언젠가는 가위손에게 아저씨 편지를 보여 줄 것이다. 가위손이 스위스로 편지를 부쳐 줄지도 모른다. 두 분은 친구니까. 가족이라 차마 할 수 없는 일을 친구이기 때문에 할 수 있을지도 모른다.

이현은 틈나는 대로 경비실에 들러 숲속의 비단 소식을 전해 듣는다.

드디어 새벽저수지에 모이는 날이다.

온조는 알람 소리에 떠지지 않는 눈을 비비며 일어났다. 엄마는 벌써 현장에 가고 없다.

밖으로 나서기에는 아직 어둑했다. 집을 나서다 보면 훤하게 밝아 올 것이다. 얼마나 사람들이 모일까. 저수지를 껴안으려면 꽤 많은 숫자가 모여야 하고 그래야만 사람들의 관심을 불러일으킬 수 있다.

온조는 가슴이 두근거렸다. 새벽하늘이 하얗게 벗겨지기 시작했다.

방죽으로 향하는 오솔길로 접어들자 아침 이슬에 젖은 풀잎에 운동화와 바지가 젖었다. 논두렁에 있는 미루나무를 지나 이 모퉁이를 돌아서면 방죽이 보인다. 방죽으로 급히 들어가는 차도 있고 사람 몇몇이 앞서 걸어가기도 했다. 방죽 주변은 물안개로 뿌옇다. 그 안개 속에 사람들이 점과 점이 되어 방죽을 에워싸고 있다. 미농지를 덧대고 보는 것처럼 사람들의 알록달록한 옷차림새가 아스라하게 꿈결처럼 보였다. 가까이 다가서야 사람들의 형체가 분명해졌다.

방죽가에 난 물억새가 안개 속에 고개를 숙인 채 일렁였다. 버드나무 몇 그루는 방죽 지킴이로 아직 건재했다.

아기를 업은 엄마, 방죽 주변을 연신 뛰어다니는 아이들, 학생들, 아줌마, 아저씨, 조깅하다 뛰어온 사람, 자전거를 끌고 온 사람, 유모차에 쌍둥이를 싣고 온 사람, 등산 가기 전 잠깐 들른 사람 등 점점 많은 사람들로 방죽의 띠는 이어졌다.

방죽에 다가서자 이현이 보였다. 이현이 뭔가 할 말이 있는 거처럼 온조에게 다급하게 다가오다가 뒤이어 오는 난주를 보자 멈칫했다. 난주에 이어 혜지가 보였다. 명탐정코난 동하가 여러 명의 여자아이들을 이끌고 온 건 어느 정도 사람들이 모였을 때였다. 다 함께 모여서 오느라고 늦었다고 했다. 그리고 가장 눈에 띈 건 빨간 털모자를 쓴 삼십여 명의 중학생들이다. 마치 같은 팀이라는 걸 표시라도 하는 거처럼 빨간 모자를 쓰고 방죽을 향해 일렬로 서 있다. 물가의 요정들 같았다. 난주의 팬들이다. 옅은 물안개 속의 빨간 모자는 방죽 둘레에 피어난 붉은 꽃송이 같았다. 다들 시간을 파는 상점에서 시간을 공유했던 사람들이다. 이제껏 써 온 시간의 무늬대로 사람들은 또 다가올 시간도 쓴다는 것을 알았다.

사람들은 약속이라도 한 것처럼 오는 대로 방죽을 향해 일렬로 섰다. 자연스럽게 한 개의 점이 되어 방죽을 껴안고 있다. 엄마 옆에 불곰, 그 옆에 가위손, 난주는 어떻게든 이현과 손을 잡으려고 자리를 엿보느라 바빴다. 혜지와 온조가 손을 잡고 온조와 이현이 손을 잡고 이현과 난주가 손을 잡았다. 혜지 왼편으로는 동하가 있고 동하 옆에는 동하의 여자 친구가 있다. 돌탑 회원들도 방죽을 감싸며 서 있다. 세상으로부터 등을 돌리고 방죽을 안아 주고 있다. 코끝이 찡했다.

방죽을 다 두르고도 남을 만큼 많은 사람들이 모였다. 서로의 손을 잡고 방죽 한 바퀴 도는 것으로 행사는 시작되었다. 한 걸음 한 걸음 방죽의 구석구석을 밟아 보는 것이다.

이현은 윗물과 연결된 둑길을 지날 때 온조의 손을 더욱 꽉 잡았다. 이현의 손이 무척이나 뜨거웠다.

개발을 반대하며 이 마을을 끝까지 지키고 있는 시인 할아버지가 시를 낭송했다.

풀잎이 좋아요.

발목을 스치는 차가움이 좋아요.

연두빛, 초록빛, 바람을 타는 부드러움이 좋아요.

황금빛으로 물들다 삭을 대로 삭아 거름이 되는 풀잎이 좋아요.

짝지은 황금 두꺼비의 숨을 곳이 되어 주고

물컹한 청개구리, 빵빵한 맹꽁이를 감싸는 풀잎이 좋아요.

한 평 풀잎 위에 놀다 한 평 풀잎 아래 잠들고 싶어요.

비석도 봉분도 뭣도 없이 풀잎처럼 삭을 대로 삭아 뿌리로 스며

들어 풀잎으로 태어나고 싶어요.

어린아이의 발목을 간질이고 바람을 타다 빗물에 섞여 땅속으로

스미는 풀잎이 좋아요.

컬컬하면서도 약간 떠는 듯한 할아버지의 목소리는 저수지의

안개 속으로 고요하게 퍼져 나갔다. 낮은 자세로 풀잎을 노래하는

할아버지의 담백한 목소리에 절로 숙연해졌다.

방죽의 생명을 살려 주세요, 손 모아 외치기도 했다. 대형 플래

카드에 참석한 사람들의 손도장을 찍는 행사도 이어졌다. 손도장

옆에는 염원의 말도 한마디씩 적었다. 상점 멤버들과 돌탑 모임은

대형 플래카드 만드는 것을 도왔다. 플래카드를 들고 방죽 주변을

돌았다. 하나로 연결되었다는 퍼포먼스이다. 수많은 우연과 선택

과 시간이 겹쳐 우리가 여기에 이르러 손을 잡고 있듯이, 결국 모

든 것은 연결되어 있고 하나라는 생각이 들었다.

아침 햇살이 비치자 방죽의 물안개도 서서히 걷혔다. 대형 플래카드에 손도장과 기원의 말을 쓴 사람들은 하나둘 방죽을 빠져나가기 시작했다.

주변 정리를 도운 뒤 상점의 일행들과 돌탑 모임도 방죽을 나설 준비를 했다.

"야, 오혜지. 나 수학 좀 가르쳐 주라."

난주가 혜지를 향해 말했다.

혜지는 눈을 동그랗게 뜨고 난주를 바라보았다.

"뭐?"

"나도 대학은 가야 할 거 아니야. 과외는 효과도 없고. 명탐정코난 수학 점수가 올랐으니까, 오늘 여자 친구 데려온 거 아니야?"

동하 옆에는 한 무리의 여자아이들이 있다. 동하의 인기는 장난이 아니었다. 그중 동하가 유난히 신경 쓰는 여자아이가 보였다. 혜지가 동하에게 눈을 찡긋하자, 동하는 고개를 끄덕였다. 엊그제 반에서 본 쪽지 시험 점수를 시간을 파는 상점에 공개했는데 많이 올랐다며 좋아라 했다.

"나, 비싸. 동하 같은 절절한 사연이 아니면 절대 응하지 않아."

혜지가 동하를 보며 난주의 말에 답했다.

"와, 진짜. 친구로 인정, 됐냐? 그리고 시간을 파는 상점 멤버가 되는 것에 반대 의견을 냈던 거 가슴을 치며 후회. 어때 이 정도면?"

"사실이면 생각해 보고."

혜지가 아무렇지도 않게 말했다.

"아오~ 진짜, 사람이 변하는 게 쉽진 않아, 웅?"

둘은 또 시작이다.

사람들이 하나둘 빠져나가는 오솔길에는 여러 무늬가 그려지고 있다. 각자의 나이와 옷과 생각과 다르게 살아온 시간들이 오묘한 빛깔로 무늬져 흐른다. 푸르른 녹음 속에 여러 개의 점으로 죽 늘어선 것처럼 보였다. 푸르스름한 새벽빛 속에 한껏 푸르른 버드나무와 미루나무 사이로 사람들이 흩어져 간다. 외할머니의 마지막 말이 생각나기도 했다.

—아까워, 저 예쁜 것들을 놓고 간다는 게.

아름답다는 말은 이럴 때 쓰는 게 아닌가 싶었다.

끝내 강준이 보이지 않았다. 분명히 온다는 댓글을 확인한 것 같은데 보이지 않았다. 일부러 나타나지 않은 건가? 지난번 복직 축하 자리에도 오지 않았다. 마치 제 할 일은 다했다는 듯이 그 이후 모습을 보이지 않았다.

온조가 두리번거리는 것을 보자, 이현이 물었다.

"누굴 찾아?"

"강준 선배가 안 보이잖아."

온조는 이현을 향해 차갑게 말했다.

"그 선배는 왜?"

이현이 당황하며 물었다. 온조는 몰라서 묻냐는 눈빛으로 이현을 쏘아보았다. 이현은 끝내 먼저 말하지 않으려는 모양이다.

"지난번 복직 축하 자리에도 오지 않고. 넌 뭔가 알고 있지?"

"안개 때문에 안 보여서 그렇지, 왔을 거야."

온조는 이현이 먼저 얘기해 주길 바랐다. 강준이 누구였는지 알고 있었노라고. 그런데 끝내 이현은 말하지 않았다.

난주와 혜지의 토닥거리는 소리를 들으며 고개를 들었다. 저만치 강준이 걸어가는 게 보였다. 순간 머릿속이 찌르르하게 현기증이 일었다. 왔었구나, 왔구나. 온조는 그간의 서운함 같은 건 잊어버린 채 그 자리에 우뚝 멈춰 선 채 강준의 뒷모습을 바라보았다. 머리칼이 하얀 할아버지와 함께 걸으며 새벽저수지를 벗어나고 있다. 할아버지 얼굴이 낯익었다. 강준 선배와 할아버지는 얘기를 나누느라 가끔씩 서로의 얼굴을 바라보며 걸었다. 강토 할아버지가 확실했다. 그동안 확인하고 싶지 않았던 것이 선명해지는 순간이었다. 해가 떠오르자 저수지의 안개가 서서히 걷히며 사람들 얼굴이 또렷이 보였다.

온조는 그 자리에 굳어 버린 채 혼잣말을 했다. 할아버지도 함께 왔었구나.

그런데 강토와 할아버지 사이에 긴 머리칼을 흩날리는 여자가 있다. 그녀의 모습도 눈에 익었다. 시위 때마다 강준과 함께 보았던 여자였다. 그녀는 강토와 손을 잡고 걸었다. 두 사람은 아이들처럼 손깍지를 끼었다. 두 사람의 보폭에 맞춰 부드럽게 흔들며 걸었다. 온조는 세상이 멈춰 버린 듯 그 자리에 우뚝 섰다. 그날 만나자고 했던 이유가 분명해졌다. 가위손의 복직 요구를 위한 회의였을 것이고, 저 긴 머리칼의 여자도 일행으로 함께였을 것이다. 확인하고 싶지 않았던, 어쩌면 피하고 싶었던 그날의 예감이 빗나가지 않았음을 참혹한 마음으로 지켜보았다.

온조는 한자리에 붙박인 듯 가만히 서서, 수많은 사람들이 물결처럼 새벽저수지를 빠져나가는 것을 멀거니 지켜보았다. 그들의 머리 위로 아침 햇살이 거침없이 쏟아지는데 시야는 하얗게 비어 갔다. 휘청 흔들리자 이현이 온조의 어깨를 잡았다. 눈물이 툭 터졌다. 가슴 저 밑바닥에서 서러움의 강물이 걷잡을 수 없이 흘렀다.

온조는 어깨에 닿아 있는 이현의 손을 떼어 내며 혼자 걸었다. 오솔길에 난 풀들 때문에 자꾸만 허방다리가 짚어졌다. 시야가 뿌옇게 흐려져 걸음이 자꾸만 허청댔다. 이현이 말없이 따라왔다. 이현이 강준의 정체를 알고도 얘기하지 않은 것까지 이제야 짚어졌다. 바보 같은 정이현이다. 말도 못 하고 똑같은 마음과 똑같은 거리를 유지하며 곁에 있던 건 이현이다.

엄마의 이마에서 거즈를 뗐다. 하얗고 다리가 많이 달린 벌레 한 마리가 기어 다니는 것 같았다.

"백온조, 네 그 상점 엄마가 더 이용해도 돼?"

"안 돼."

"으이구, 매정하기는. 왜? 엄마도 고객인데?"

"됐어."

새벽저수지 이후 한동안 모든 게 귀찮았다. 아무도 만나고 싶지 않았다.

"상점에 들어가 시간을 사면 되는 거지?"

"안 된다고 했잖아. 이상하게 엄마한테는 당한다는 느낌이 들어."

"그냥 일손이 부족하니까 도와 달라고 하는 거야. 단순하게 생각해."

"그런 거라면 거절. 이유나 의미가 절절하지 않으면 만장일치 통과가 안 돼. 멤버들이 얼마나 깐깐하게 심사를 하는데."

"아, 그래? 그럼 자신 있지. 사연을 읽어 보면 거절도 못 할걸. 이보다 더 절박하고 절절한 사연은 없을 테니."

엄마를 당할 수가 없다.

"대체 뭘 하려고?"

"법원, 검찰 청사 앞에서 삼보일배하기, 시민 대상 서명받기, 개발공사 앞에서 시위하기, 방죽 주변 생태 조사하기, 두꺼비 개체수 조사하기, 이동 경로 지도 만들기. 더 나열해 봐?"

"됐어. 그만해."

"엄마가 보기엔 입시 포트폴리오 만드는 데도 나쁘지 않을 것 같은데. 일석삼조 뭐 그런 거 아니야? 상점 활성화에도 도움이 되고."

"아이구, 엄마 아니어도 지금 상점에는 일이 넘치네요. 우리의 시간과 일의 수위와 어느 걸 맡을지 심사하는 게 일이지."

새벽저수지의 마지막 장면이 지워지지 않았다. 강준과 아니 강토 할아버지와 그 여자가 걸어가는 뒷모습이 잊히지 않았다. 자존 감은 한없이 쪼그라들어서 점이 되어 침대 속으로 녹아드는 것 같았다. 그러다가 살고 싶어서 뇌까리기 시작했다.

'나는 나를 더 멋있는 사람으로 만들 것이다. 나를 존중하니까. 내 주변을 존중하니까. 난 괜찮은 어른이 될 거니까.'

어느 날 시간을 파는 상점에 광고를 싣고 싶다는 연락이 왔다.

플랫폼과 아이디어를 사고 싶다며 상업화해 보는 건 어떠냐는 문의가 오기도 했다. 꽤나 큰 금액을 제시한 곳도 있다. 회의를 해 보겠다고 했다. 모든 결정권은 그동안 이 상점을 이용한 고객과 지금 타임셀러방에 상장되어 있는 시간의 주인들이 따로 있기 때 문이다.

온조는 이미 상업화해 보았던 경험이 있었기에 그다지 큰 흔들 림은 없다.

이현에게서 톡이 왔다.

—괜찮아?

—뭘?

―그냥.

―넌, 알고 있었지?

―뭘?

―강준 선배가 누군지.

―어? 어.

―왜 얘기 안 했어?

―모르겠어. 나도.

―강준 선배한테 여자 친구가 있다는 것도 알고 있었지? 그래서 말 안 한

거니?

―모르겠다. 나도.

―이현아,

―응?

―정이현,

―응.

―너를 이렇게 부를 수 있어서 다행이다.

―?

―그리고, 미안.

―뭘?

―그냥, 여러 가지로.

사실은 '이현이 네가 내 곁에 있어서 좋다'고 말하고 싶었다. 그

렇지만 하지 않았다. 난주가 있어서 좋기도 하기 때문이다. 혜지가 친구여서 좋은 것처럼, 우리가 함께여서 좋은 것처럼 말이다.

시간을 파는 상점이 '너'를 위한 시간으로 무늬져, 우리가 되어가는 게 좋은 것처럼 말이다.

■ **작가의 말**

『시간을 파는 상점』이 나온 지, 만 7년 정도 지나고 있다. 그동안 전국의 청소년들과 꾸준히 소통의 시간을 가졌다. 그때마다 가장 많이 하는 질문 중 하나가 속편을 쓸 계획이 없느냐는 것이다. 그들의 뒷이야기가 몹시 궁금하다고 했다. 분에 넘치는 사랑과 관심이라고 여기며 그냥 넘기곤 했다.

그러던 어느 날, 내 머릿속에서 소설 속 인물들은 만났고 대화를 이어 갔고 갈등했고 문제를 해결하기 위해 고군분투했다. 나도 모르게 그들의 다음 이야기를 생각하고 있었던 것이다. 이쯤 되면 불러내어 써야 한다. 실은 나도 궁금했다. 그들이 어떤 시간의 무늬를 그려 갈지.

전편만 한 속편은 없다는 말을 들었고 성공한 경우는 더욱 드물다는 말도 들었다. 성공 여부를 떠나 이 또한 한 번쯤 해 보고 싶은 글쓰기의 한 과정이라고 여겼다. 나의 경험 제일주의는 무모할 정도로 용감하다. 호평이든 혹평이든 그 후의 일이다. 아무것도 하지 않으면 아무 일도 일어나지 않는다는 말을 생각했다.

그즈음 고양국제고등학교 학생들이 보안관 해고 철회 시위를 통해, 복직 결정까지 이끌어 냈다는 기사를 만나게 되었다. 학교 보안관은 물론 같은 처지에 있는 수백 명의 학교 비정규직 자리를 지켜 냈다는 소식이었다. 소설 속에서나 만날 법한 멋진 친구들이 있다는 생각에 몇 번이고 기사를 읽고 또 읽었다. 마치 『시간을 파는 상점』의 온조, 이현, 난주, 혜지를 만난 것처럼 기뻤다. 『시간을 파는 상점』을 내고 '요즘 아이들' 현실과 동떨어진 설정이 아니냐는 말을 종종 들었다. 이 소식은 그렇지 않다는 것을 보란 듯이 반증해 주는 것 같아서 더없이 반가웠다. 개인의 문제를 넘어 사회 시스템에 대한 저항이자 이의를 제기하는 모습은, 자신과 관련된 문제 외에는 무관심으로 일관할 것 같은 '요즘 아이들'에 대한 편견을 깨 주기에 충분했다. 더없이 불안한 자신의 미래를 걸고 불러낸 용기였을 것이다. 지금 누리고 있는 안정의 전부를 건 용기일 수도 있다.

그런 그들에게 박수를 보내며 내가 할 수 있는 일은 무엇일까, 생각했다. 나는 이야기로 삶의 모습을 기록하는 소설가이니, 그게 할 일이라는 생각이 들어서 그들을 모티브로 이야기를 만들기 시작했다. 지면을 빌려 다시 한번 그 주역들에게 미안함과 고마움을 전한다.

'시간을 정말 사고팔 수는 없을까?'라는 질문이 이 소설의 다음 이야기를 그리게 한 또 하나의 동력이다. 끊임없이 질문하고 그 질문에 대한 답을 찾기 위해 움직이는 아이들을 만나고 싶었다. 시간을 매개로 움직이는 협업과 연대와 공동체 의식이 있다면 가능하겠다는 생각이 들었다.

시간을 파는 상점의 멤버들이 의뢰를 해결하고자 하는 마음은 '너를 위한 시간'임이 분명하다. 그것이 곧 '나'를 위한 시간임을, 타인의 행복이 곧 내 삶의 조건임을 한 번쯤 생각하는 시간이었으면 좋겠다.

초고를 쓰는 동안 '글을낳는집'과 '예버덩문학의집'에 신세를 졌다. 감사하다.

책이 나오기까지 응원과 격려로 힘을 실어 준 자음과모음 식구들께 감사함을 전한다.

2019년 여름의 막바지
김선영

시간을 파는 상점 2
너를 위한 시간

© 김선영, 2019

초판 1쇄 발행일 | 2019년 9월 25일
초판 15쇄 발행일 | 2024년 1월 11일

지은이 | 김선영
펴낸이 | 정은영

펴낸곳 | (주)자음과모음
출판등록 | 2001년 11월 28일 제2001-000259호
주   소 | 10881 경기도 파주시 회동길 325-20
전   화 | 편집부 (02)324-2347, 경영지원부 (02)325-6047
팩   스 | 편집부 (02)324-2348, 경영지원부 (02)2648-1311
E-mail | jamoteen@jamobook.com

ISBN 978-89-544-4004-2 (43810)